As bênçãos do meu avô

RACHEL
NAOMI
REMEN

As
bênçãos
do
meu
avô

Título original: *My Grandfather's Blessings:*
stories of strength, refuge and belonging

Copyright © 2000 por Rachel Naomi Remen, M. D.
Copyright da tradução © 2001 por GMT Editores Ltda.

Publicado mediante acordo com Riverhead Books, um selo da Penguin Publishing Group, uma divisão da Penguin Random House LCC.

Todos os direitos reservados. Nenhuma parte deste livro pode ser utilizada ou reproduzida sob quaisquer meios existentes sem autorização por escrito dos editores.

tradução: Simone Lemberg Reisner

preparo de originais: Regina da Veiga Pereira

revisão: Ana Clemente, Hermínia Totti, José Tedin Pinto e Sérgio Bellinello Soares

diagramação: Abreu's System

capa: Angelo Bottino e Fernanda Mello

impressão e acabamento: Bartira Gráfica

CIP-BRASIL. CATALOGAÇÃO NA PUBLICAÇÃO
SINDICATO NACIONAL DOS EDITORES DE LIVROS, RJ

R323b
    Remen, Rachel Naomi
        As bênçãos do meu avô / Rachel Naomi Remen; tradução Simone Reisner. – 1. ed. – Rio de Janeiro: Sextante, 2022.
        208 p. ; 21 cm.

        Tradução de: My grandfather's blessings
        ISBN 978-65-5564-390-9

        1. Remen, Rachel Naomi – Religião. 2. Cabala. 3. Ética judaica. I. Reisner, Simone. II. Título.

22-76583   CDD: 296.36
                                                                                          CDU: 26-426

Meri Gleice Rodrigues de Souza - Bibliotecária - CRB-7/6439

Todos os direitos reservados, no Brasil, por
GMT Editores Ltda.
Rua Voluntários da Pátria, 45 – Gr. 1.404 – Botafogo
22270-000 – Rio de Janeiro – RJ
Tel.: (21) 2538-4100 – Fax: (21) 2286-9244
E-mail: atendimento@sextante.com.br
www.sextante.com.br

Para

Rachel e Meyer Ziskind
Gruna e Nathan Remen
Sarah (Gladys) e Isidore (Ray) Remen
pela bênção da vida

E

Esther Newberg
Susan Petersen Kennedy
Amy Beth Hertz
pela chance de abençoar a vida dos outros.

Para aquele que nunca recebeu suas bençãos.

Sumário

Introdução 9

I – Recebendo suas bênçãos
Abençoando 33
Lutando com o anjo 36
O tempero da vida 39
A mulher de Ló 45
Possuir 49
Preservando a integridade 52
Professores por toda parte 57
Conhecendo o coração 59
Lechaim! 63

II – Tornando-se uma bênção
Agindo da maneira certa 74
Aprendendo a enxergar 76
Encontrando novos olhos 79
Sabedoria 84

III – Encontrando forças, buscando abrigo
Lugar de encontro 96
O caminho 98
Tornando-se claro 101
Recebendo o alimento 104
Um lugar de abrigo 107
Encontrando o centro 109
Promessas, promessas 114

IV – A REDE DE BÊNÇÃOS
Linha vital 123
Somos o bastante 127
O sábio 133

V – AMPARANDO A VIDA
Amando a vida 142
Ovos 144
Encontrando o caminho 146
A dádiva de novos olhos 149
Fazendo a diferença 152
A aceitação 156
O caminho 160
Uma questão de vida ou morte 162
O espelho 166
A roupa nova do imperador 170
Maioridade 173

VI – RESTAURANDO O MUNDO
Ascendência 182
Além das palavras 184
O último paciente 186
Mistério 190
Mary 192
A presença de Deus 195
A verdadeira história 198

Epílogo 203
Agradecimentos 205

Introdução

Quase todas as vezes que vinha me visitar, meu avô me trazia um presente. Nunca eram do tipo que as outras pessoas costumam dar: bonecas, livros, bichinhos de pelúcia. Minhas bonecas e meus bichos de pelúcia já desapareceram há mais de meio século, mas muitos dos presentes do meu avô ainda estão comigo.

Uma vez, ele trouxe um pequeno copo de papel. Olhei lá dentro esperando encontrar algo especial. Estava cheio de terra. Eu não tinha permissão para brincar com terra e, desapontada, expliquei isso a ele. Meu avô sorriu com ternura. Em seguida, pegou um pequenino bule do meu jogo de chá de brinquedo, levou-me até a cozinha e o encheu de água. De volta ao meu quarto, colocou o copo com terra no peitoril da janela e me entregou o bule.

– Se você prometer que vai colocar água no copo todos os dias, alguma coisa pode acontecer – disse ele.

Naquela época eu tinha 4 anos e meu quarto ficava no sexto andar de um prédio em Manhattan. Nada daquilo fez o menor sentido para mim. Olhei para ele com desconfiança.

– Todos os dias, Neshumele – enfatizou.

E eu prometi. No início, curiosa para ver o que aconteceria, cumpri a tarefa sem problemas. Mas, à medida que os dias iam passando e nenhum resultado se apresentava, ficou cada vez mais difícil me lembrar de colocar água no copo. Após uma semana, perguntei ao meu avô se já era hora de parar. Fazendo que não com a cabeça, ele disse:

– Todos os dias, Neshumele.

A segunda semana foi ainda pior, e comecei a me arrepender de ter feito aquela promessa. Quando meu avô apareceu outra vez, tentei devolver-lhe o presente, mas ele se recusou a aceitar, dizendo apenas:

– Todos os dias, Neshumele.

Na terceira semana, comecei a esquecer de colocar água no copo. Geralmente, só me lembrava depois de já estar deitada e, assim, era obrigada a me levantar e cumprir a tarefa no escuro. Mas não deixei de cumpri-la uma única vez. Até que, certa manhã, surgiram duas minúsculas folhas verdes que não estavam lá na noite anterior.

Fiquei perplexa. Dia após dia elas iam se tornando maiores. Eu mal podia esperar para contar ao meu avô, certa de que ele também ficaria surpreso. Mas ele, é claro, não ficou. Com toda delicadeza, vovô me explicou que a vida está em toda parte, escondida nos lugares mais simples e inesperados. Isso me deixou encantada.

– E só precisa de água, vovô?

Afetuosamente, ele tocou o alto da minha cabeça.

– Não, Neshumele. Só precisa da sua lealdade.

Talvez esta tenha sido a minha primeira lição sobre o poder de servir, mas naquela época eu não tinha entendido dessa forma. Meu avô não usaria essas palavras. Ele diria que precisamos nos lembrar de abençoar a vida ao nosso redor e dentro de nós. E diria que, quando nos lembramos de que podemos abençoar a vida, somos capazes de reconstruir o mundo.

Meu avô era um estudioso da Cabala, os ensinamentos místicos do judaísmo. Meus pais, tios e tias desaprovavam esse estudo, pois achavam que era ligado à magia, muito suspeito. Quando vovô morreu, os velhos livros escritos à mão, com capa de couro, que ele havia estudado todos os dias, simplesmente desapareceram. Nunca descobri o que aconteceu com eles.

De acordo com a Cabala, em algum momento, no início de tudo, o Criador dividiu-se em incontáveis centelhas que se espalharam por todo o Universo. Há uma centelha de Deus em cada ser e em cada objeto, como uma diáspora de bondade. A presença indissociável de Deus no mundo e em nós é observada diariamente nas formas mais simples, despretensiosas e comuns. Os professores da Cabala dizem que Deus pode falar conosco a qualquer instante de seus inúmeros esconderijos. O mundo pode sussurrar em nossos ouvidos ou a centelha de Deus dentro de nós pode sussurrar em nosso coração. Meu avô me ensinou a ouvir.

Recitar uma bênção nos ajuda a reconhecer esses encontros inesperados com Deus. Existem centenas de bênçãos, cada uma manifestando um momento em que despertamos e nos lembramos da natureza sagrada do mundo. Em tais momentos, o céu e a terra se encontram e se cumprimentam, reconhecendo um ao outro.

Existe uma bênção que é repetida sempre que deparamos com algo novo e significativo para a nossa existência. Minha mãe estava presente quando meu avô me conheceu. Logo que nasci, ele foi ao hospital para me visitar na incubadora. Ela me disse que vovô ficou me estudando em silêncio, por um longo tempo, através do vidro do berçário. Fui um bebê prematuro. Preocupada com a possibilidade de ele estar sentindo ansiedade ou mesmo aflição diante do meu tamanho minúsculo e de minha aparência frágil, mamãe quis reconfortá-lo, mas, antes que ela fizesse isso, ele sussurrou algo. Mamãe não conseguiu ouvi-lo e pediu-lhe que falasse de novo. Com um sorriso, meu avô repetiu em hebraico:

– Bendito sejas, ó Deus, nosso pai, Rei do Universo, que nos mantivestes vivos e nos destes amparo, que nos trouxestes inteiros para estar aqui neste momento.

Esta é uma bênção de gratidão pela dádiva da vida e foi o início do meu relacionamento com meu avô.

⸺

Meu avô era um homem de muitas bênçãos. Elas foram prescritas há várias gerações, pelos rabinos mais importantes, e cada uma delas é considerada um momento de consciência – um reconhecimento de que a santidade foi encontrada em meio à vida comum. As bênçãos existem não apenas para serem repetidas antes das refeições. Há bênçãos para os momentos em que lavamos as mãos, assistimos ao nascer do sol, perdemos um objeto ou o achamos, para quando algo começa ou termina. Até mesmo a mais simples das funções corporais tem a própria bênção. Meu avô era um rabino ortodoxo e dizia todas elas, batendo de leve em seu chapéu preto, em homenagem a Deus, muitas e muitas vezes, enquanto ia lidando com os menores detalhes da vida diária.

Eu sou filha de dois dedicados socialistas que viam qualquer religião como o "ópio do povo". Embora essas bênçãos nunca fossem repetidas em minha casa, para mim era natural dizê-las na presença do meu avô. Eu sabia inúmeras delas de cor, mas já me esqueci de todas há muito tempo. Porém, nunca me esqueço da importância de abençoar a vida.

Quando era criança, eu me via entre duas visões bem diferentes da vida: meu avô e seu sentido da natureza sagrada do mundo, e meus tios, tias e primos e sua postura altamente acadêmica, voltada para a pesquisa. Todos os filhos do meu avô eram médicos ou outros profissionais da saúde, assim como muitos de seus netos. À medida que fui crescendo e o tempo criou uma distância cada vez maior entre nós, meu avô foi se tornando uma ilha de misticismo em meio ao vasto mar de ciência. Ansiosa para alcançar meus objetivos e contribuir com a sociedade, aos poucos eu o fui colocando no fundo da memória, junto com as lembranças da infância. Ele morreu quando eu tinha 7 anos. Muitos anos se passariam até que eu fizesse a conexão entre suas ideias e a medicina. Às vezes, quando estamos diante de situações difíceis, caminhos diferentes acabam nos levando ao mesmo destino. Meu avô abençoava a vida e seus filhos serviam a ela. Mas, no final, esses dois caminhos podem ser um só.

Como jovem médica, eu pensava que servir a vida fosse algo dramático, repleto de ação e de decisões a serem tomadas em segundos. Uma questão de ficar noites sem dormir e passar o tempo em ambulâncias, enganando o anjo da morte. Um papel que só poderia ser desempenhado por pessoas que se prepararam durante muitos anos. Agora sei que esta é a menor parte da natureza do ato de servir. Sei que o serviço é pequeno, silencioso e está em toda parte. Sei que é mais frequente servirmos por sermos quem somos do que por aquilo que sabemos. E que todos servem, estejam conscientes disso ou não.

Abençoamos a vida ao nosso redor com muito mais regularidade do que percebemos. Muitas atitudes simples e comuns podem afetar profundamente os que nos rodeiam: um telefonema inesperado, um leve toque de mão, a generosa disponibilidade para ouvir, um afetuoso piscar de olhos, um sorriso amigo. Podemos abençoar estranhos e ser abençoados por eles. Grandes mensagens vêm em pequenas embalagens. O simples ato de devolver um brinco perdido ou de dar passagem para um carro no trânsito pode ser suficiente para renovar a confiança de uma pessoa na vida.

As bênçãos vêm em formatos tão simples quanto um cumprimento usado normalmente na Índia. Quando se encontram, os indianos abaixam a cabeça e dizem "Namastê": vejo a centelha divina dentro de você. Com frequência interpretamos mal a aparência das pessoas, sua idade, doença, raiva, mesquinhez, ou estamos apenas ocupados demais para reconhecer que existe bondade e integridade em cada um de nós, mesmo que estejam escondidas. Estamos com muita pressa ou distraídos demais para parar e observá-las. Quando reconhecemos a centelha de Deus no outro, nós a reacendemos com nossa atenção, tornando-a mais forte, ainda que esteja profundamente enterrada há muito tempo. Quando abençoamos alguém, tocamos a bondade guardada nessa pessoa e desejamos que ela se desenvolva.

Tudo o que está sendo gerado em nós mesmos e no mundo precisa ser abençoado. Meu avô acreditava que Deus fez todas as coisas:

– Depende de nós fortalecê-las, alimentá-las e libertá-las sempre que for possível, Neshumele – disse-me ele. – As bênçãos fortalecem e alimentam a vida da mesma maneira que a água.

Certa vez uma mulher me disse que não sentia necessidade de procurar os que estavam ao seu redor porque rezava todas as noites. Isso era o bastante. Mas enquanto uma prece trata do relacionamento com Deus, uma bênção trata do relacionamento com a centelha de Deus que existe no interior do outro. Deus pode não precisar tanto da nossa atenção quanto a pessoa ao nosso lado no ônibus, ou atrás de nós na fila do supermercado. Todos os indivíduos são importantes, assim como abençoá-los. Quando abençoamos o outro, oferecemos a ele um refúgio contra um mundo indiferente.

Todos nós temos a capacidade de abençoar a vida. O poder de nossas bênçãos não diminui com a idade ou com alguma doença. Pelo contrário, elas se tornam mais poderosas à medida que envelhecemos. Sobreviveram à batalha da nossa experiência. Pode ser que tenhamos empreendido uma longa e árdua viagem ao lugar onde é possível nos lembrarmos novamente de quem somos. O fato de termos viajado e lembrado traz esperança àqueles que abençoamos. Talvez com o tempo eles também sejam capazes de recordar esse lugar que fica além da competição e da luta, o lugar onde pertencemos uns aos outros.

Uma bênção não é algo que uma pessoa oferece à outra. Uma bênção é um momento de encontro, um certo tipo de relacionamento no qual as pessoas envolvidas lembram e reconhecem sua verdadeira natureza e seu real valor, fortalecendo a plenitude uma da outra. Cultivando essa plenitude nos nossos relacionamentos, oferecemos ao outro a oportunidade de ser inteiro sem nenhum constrangimento e de tornar-se um abrigo contra tudo aquilo que não seja genuíno dentro dele e ao seu redor. Fazemos com que o outro seja capaz de saber quem ele é.

Aprendi isso primeiramente com pessoas que estavam morrendo. Elas haviam tornado suas relações com o próximo mais verdadeiras, pois só viam sentido naquilo que era autêntico. Essas pessoas tinham deixado de utilizar artifícios para mudar o seu modo de ser e conseguir aprovação. Assim, permitiam que os outros também removessem suas máscaras. A aceitação dessas pessoas me permitiu ver algo que estava quase esquecido. Em sua presença percebi que muitas de minhas próprias mudanças haviam me tornado menor e, de certa maneira, mais fraca. Partes de mim, que eu havia censurado e escondido por muitos anos, foram desejadas e até solicitadas por aqueles que estavam à beira da morte. Senti a minha vida abençoada por aquelas pessoas. Sem nenhum constrangimento, percebi que se expandia e retomava seus reais tamanho, forma e poder. Levei muito tempo para compreender que não é preciso estar morrendo para abençoar o outro dessa maneira.

Aqueles que abençoam e servem a vida encontram uma força, um lugar do qual sentem fazer parte, um abrigo contra uma vida sem sentido, vazia e solitária. Abençoar a vida nos aproxima uns dos outros e de nosso eu verdadeiro. Quando as pessoas são abençoadas, descobrem que sua vida é importante, que há algo nelas digno de receber uma bênção. E quando abençoamos o outro, descobrimos que isso também é válido para nós.

Não servimos o fraco ou o vencido. Servimos a plenitude uns dos outros e da própria vida. A parte dentro de você que eu sirvo é a mesma que é fortalecida dentro de mim no momento em que sirvo. Diferente do que acontece quando ajudamos, reparamos e resgatamos, o servir é mútuo. Há muitas maneiras de servir e fortalecer a vida ao nosso redor: por meio da amizade, da paternidade ou do trabalho, da gentileza, da compreensão, da generosidade ou da aceitação. E também por meio da filantropia, do nosso exemplo, nosso encorajamento, da nossa ativa participação, nossa crença. Não importa como o façamos, o ato de servir nos abençoará.

Quando oferecemos nossas bênçãos com generosidade, a luz do mundo ganha força ao nosso redor e dentro de nós. A Cabala refere-se às tarefas humanas coletivas como o Tikun Olam: nós amparamos e reformamos o mundo.

Quando eu era criança, adorava a história da Arca de Noé, a melhor entre as que vovô contava. Uma vez ele me deu um livro de colorir com desenhos de todos os animais, aos pares, com Noé e a esposa parecidos com Papai e Mamãe Noel, porém vestidos de maneira diferente. Passamos horas colorindo aquele livro juntos, e foi assim que, aos quase 4 anos, aprendi os nomes de vários animais. Também discutimos a história em detalhes, refletindo sobre a surpreendente ideia de que até mesmo Deus às vezes comete erros e precisa providenciar uma enchente para poder começar tudo outra vez.

O último desenho do livro era um lindo arco-íris.

– Isso representa uma promessa entre Deus e o homem, Neshumele – explicou meu avô.

Depois da enchente, Deus prometeu a Noé e a todos nós que aquilo nunca mais aconteceria.
Mas eu não me convenceria facilmente. Tudo havia começado porque as pessoas foram más.
– Mesmo se formos muito desobedientes, vovô? – eu quis logo saber.
Ele achou graça:
– É o que essa história diz. – Ele ficou pensativo. – Mas existem outras histórias.
Encantada, pedi que me contasse mais uma.
A história que vovô escolheu era muito antiga, da época do profeta Isaías. É a lenda do Lamed Vavnik. Nessa história, Deus nos diz que permitirá que o mundo continue se a cada momento existir um mínimo de 36 pessoas boas. Pessoas que tenham sensibilidade pelo sofrimento, que é parte da condição humana. Esses 36 indivíduos são chamados de Lamed Vavniks. Se em qualquer momento existirem menos de 36 deles, o mundo terá fim.
– Você conhece essa gente, vovô? – perguntei, certa de que a resposta seria sim. Mas ele fez que não com a cabeça.
– Não, Neshumele. Somente Deus sabe quem são os Lamed Vavniks. Até mesmo os próprios Lamed desconhecem o seu papel na continuidade do mundo e não há ninguém que saiba. Eles respondem ao sofrimento não porque querem salvar o mundo, mas porque o sofrimento do outro os toca e tem importância.
Os Lamed Vavniks podem ser alfaiates ou professores universitários, milionários ou indigentes, líderes poderosos ou vítimas indefesas. Isso não é importante, e sim a sua capacidade de sentir o sofrimento coletivo da raça humana e de ser sensível ao sofrimento do próximo.

– E como ninguém sabe quem eles são, Neshumele, qualquer pessoa que você encontrar pode ser uma das 36 para quem Deus preserva o mundo. É importante tratar cada pessoa como se ela fosse uma delas.

Sentei-me e passei um longo tempo pensando naquela história. Era diferente do relato sobre a Arca de Noé. O arco-íris significava que sempre haveria um final feliz, exatamente como nos contos que meu pai lia para mim na hora de dormir. Mas a história do vovô não fazia nenhuma promessa. Deus pediu algo ao povo em troca da dádiva da vida e ainda estava pedindo.

De repente, percebi que não tinha ideia do que poderia ser. Se havia tanto dependendo disso, deveria ser algo muito difícil, que exigisse enorme sacrifício. E se os Lamed Vavniks não conseguissem fazê-lo? O que aconteceria?

– Como os Lamed Vavniks lidam com o sofrimento, vovô? – perguntei, ansiosa. – O que eles precisam fazer?

Meu avô sorriu com doçura.

– Ah, Neshumele, eles não precisam fazer nada. Eles respondem a todo sofrimento com solidariedade. Sem solidariedade, o mundo não pode continuar. Nossa solidariedade abençoa e sustenta o mundo.

Dispor de uma solidariedade maior pode exigir que enfrentemos os valores fundamentais de nossa cultura. Valorizamos a supremacia e o controle, cultivamos a autossuficiência, a competência, a independência. Mas, à sombra desses valores, está uma profunda rejeição à nossa plenitude humana. Como indivíduos e como cultura, desenvolvemos um certo desprezo por tudo, em nós mesmos e no outro, que tenha necessidades e sofra. O mundo não é gentil.

À medida que a vida se torna mais fria e dura, lutamos para criar lugares seguros, para nós mesmos e para aqueles que amamos, por intermédio de nosso aprendizado, nossas habilidades, nosso dinheiro. Estabelecemos esses lugares em nossas casas, em nossos escritórios e até em nossos carros. Esses lugares nos deixam isolados uns dos outros. Lugares que separam as pessoas nunca serão seguros o bastante. Talvez nosso único refúgio esteja na bondade uns dos outros.

Num mundo altamente tecnológico, podemos esquecer nossa bondade e passar a valorizar nossas habilidades e proficiência. Mas não é isso que vai reconstruir o mundo. O futuro pode depender menos de nossas habilidades e mais de nossa lealdade à vida.

Lembrar-se de como abençoar um ao outro é mais importante hoje do que em qualquer outra época. A solução para a destrutibilidade deste mundo não está na ampliação dos conhecimentos tecnológicos. Para reconstruir o mundo teremos que encontrar uma ligação profunda com a vida ao nosso redor, teremos que substituir a busca constante por conhecimentos específicos cada vez mais profundos pela capacidade de favorecer a vida. Já foi dito que levamos milhares de anos para reconhecer e defender o valor de uma única vida humana. O que resta é compreender que o valor de qualquer vida humana é limitado, a não ser que haja algo nela que represente o benefício do outro e dela mesma. Uma mulher que vive em Pinson, no Alabama, mandou-me uma citação do Êxodo que meu avô teria adorado: "Onde quer que eu seja lembrado pelo que sou, virei a vocês e os abençoarei." A bênção que iremos receber quando tivermos nos lembrado de como abençoar a vida novamente poderá ser nada menos do que a própria vida.

    Aprendi muito sobre abençoar e servir a vida com as pessoas que recebo no meu consultório, talvez porque o câncer force as pessoas a irem de encontro à sua vulnerabilidade de maneira tão profunda que elas alcançam um ponto de onde conseguem perceber que tal vulnerabilidade é um traço comum a todos nós. Uma vez que se tem essa visão, é impossível deixar de reagir a ela. Já testemunhei tantas pessoas emergirem de seus encontros com grandes perdas trazendo com elas um altruísmo e uma solidariedade muito mais espontâneos do que os que experimentavam antes que me questiono se abençoar a vida não seria um último passo de algum processo natural para curar o sofrimento. Uma bênção é um abrigo, uma religação com um lugar dentro de nós onde somos coesos e inteiros. Uma lembrança de quem somos.

    Um de meus pacientes, um advogado civil que quase morreu de câncer, me contou, muitos anos mais tarde, que aquela experiência o havia capacitado a descobrir um poder inesperado:

    – Encontro nas pessoas algo que encontrei em mim mesmo. Algo que luta para vencer obstáculos e viver de maneira plena. Posso ver sua luta e falar sua língua. Assim, posso fortalecê--lo... – interrompeu-se, com um ar pensativo – como os outros o fortaleceram em mim. Minha mulher me disse que finalmente consegui abrir meu coração. Talvez, mas não foi bem isso que aconteceu. – E fez outra pausa. – Parece estranho, mas acho que posso abençoar a vida das outras pessoas e ser abençoado por elas. Eu o faço no meu trabalho, mas isso vai mais além. Agora, fico com a impressão de que é a coisa mais importante que posso fazer.

Uma amiga me contou sobre suas primeiras horas após saber que seu filho mais velho morrera afogado. Ela havia descido as escadas para tomar chá e uma outra mulher, também sofrendo imensa dor, censurou-a, perguntando como ela conseguia tomar chá num momento como aquele.

– Até aquele instante, Rachel, eu tinha sido uma pessoa sempre temerosa de fazer algo errado, sempre hesitante e cheia de dúvidas sobre a mais simples atitude. Porém, quando ela falou comigo, subitamente tive certeza de que, em relação àquele fato, eu não estava fazendo nada errado: tudo aquilo me levara a um lugar de tanta profundidade que qualquer coisa que eu fizesse, dissesse, pensasse ou sentisse em resposta seria verdadeiro. Era um acontecimento que ultrapassava todas as regras, todos os julgamentos. Era completamente meu.

Seu processo de cura foi longo, levou mais de 18 anos. Agora ela trabalha com grupos de pacientes que sofrem de câncer, ajudando-os a vencer seus sofrimentos e perdas para, assim, poderem conectar-se outra vez com seu lugar interior, onde são coesos e inteiros. A esse respeito, ela disse:

– Para mim, a perda do meu filho passou de um acontecimento único para algo que ficou entrelaçado ao tecido do meu ser. Estará sempre presente em mim, é parte do meu trabalho, parte da minha experiência. Tendo experimentado tal sofrimento, uma dor tão profunda, não tenho mais medo de voltar lá. Estive naquele lugar, fiquei ali e voltei, o conheço muito bem. De alguma maneira, sobrevivi a ele. Acho que as pessoas que participam dos meus grupos sabem disso. Sabem que não tenho mais medo. Se é o que precisamos fazer, isso nos permite ir até aquele lugar de dor e sofrimento, reconhecer nossas perdas e seu profundo significado. Acho que esse fato traz uma certa segurança ao ambiente.

Ela fez uma pausa para refletir e prosseguiu:

– Voltar lá é também uma reafirmação, pois é um lugar de enorme significado para mim. Às vezes, é como se eu estivesse junto do meu filho outra vez, nos momentos em que a sala fica tomada daquela mesma dor.

Os 37 anos em que venho trabalhando como médica me mostraram que tudo em nossa vida – alegrias, fracassos, amores e até as doenças – pode se tornar uma maneira de servir. Já vi pessoas usando qualquer coisa para abençoar a vida.

Uma tarde, já muito doente, meu avô falou comigo a respeito da morte. Ele me revelou que estava morrendo:

– O que isso quer dizer, vovô? – perguntei, preocupada e aflita.

– Eu vou para um outro lugar, Neshumele. Para mais perto de Deus.

Fiquei atônita.

– E eu vou poder visitar você lá?

– Não, mas eu vou cuidar de você e abençoar aqueles que a abençoarem.

Quase 55 anos se passaram. Desde então, minha vida tem sido abençoada por muitas pessoas. Cada uma delas recebe as bênçãos do meu avô.

I

Recebendo suas bênçãos

Muitas vezes deixamos de receber as bênçãos que nos são dadas. Não paramos nem abrimos espaço para acolhê-las. Enchemos nossa vida de tantas outras coisas que não sobra espaço para abrigá-las. Uma paciente me disse certa vez que vê as pessoas como se estivessem circundadas pelas próprias bênçãos, paradas no ar às vezes durante muitos anos, como aviões esperando a vez de pousar nos aeroportos, sem lugar para descer. Ficam aguardando um instante do nosso tempo, da nossa atenção.

As pessoas que sofrem de doenças graves frequentemente se libertam de uma série de valores, e sua enfermidade cria uma abertura em sua vida. Elas acabam descobrindo maneiras de receber todas as bênçãos que lhes são oferecidas, até mesmo aquelas que lhes foram dadas há muito tempo. Essas pessoas me mostraram como receber minhas bênçãos.

Há muitos anos cuidei de uma mulher chamada Mae Thomas. Mae trabalhou muito durante toda a vida. Fazia faxina para conseguir sustentar sete filhos e vários netos. Quando a conheci, ela estava envelhecida e completamente tomada pelo câncer.

Mae celebrava a vida. Sua risada era pura alegria. Fazia com que as pessoas se lembrassem de como rir. Passados vários anos, pensar nela me faz sorrir. À medida que Mae foi ficando mais doente, passei a lhe telefonar com frequência, querendo saber como estava. Ela sempre atendia o telefone com as mesmas palavras:

– Estou abençoada, irmã. Estou abençoada.

Na noite anterior à sua morte, liguei para a casa dela e um parente levou o telefone até a sua cama.

– Mae, é a Rachel.

Eu a ouvi tossir e limpar a garganta, buscando ar para falar, apesar do pulmão tomado pelo câncer, arrastando-se em meio a uma nuvem de morfina para conectar-se à minha voz. Fiquei com os olhos cheios d'água.

– Mae, é Rachel. Como você está?

Ouvi um som que não pude identificar, mas que logo se transformou numa profunda risada:

– Estou abençoada, Rachel. Estou abençoada – respondeu ela.

Só somos capazes de abençoar o outro quando também nos sentimos abençoados. Abençoar a vida é muito mais celebrá-la do que procurar consertá-la. Para isso é preciso valorizar a vida como ela é e aceitar aquilo que não podemos compreender. É preciso desenvolver a capacidade de reconhecer e usufruir a alegria. Não é a nossa crítica nem a nossa raiva que nos permitem seguir em frente e promover mudanças. O mais importante é reconhecer que não estamos sozinhos na tarefa de reconstruir o mundo.

Larry não sabia de nada disso. Ele e a mulher vieram juntos ao meu consultório durante alguns meses. Na última consulta, ela chegou sozinha:
— Onde está Larry? — perguntei.
— Recebeu uma ligação de Washington. Ainda estava ao telefone quando saí.
— Mas ele não tinha prometido que deixaria de trabalhar às quartas-feiras?
Ela me olhou e apenas sorriu:
— Eu o estou deixando — falou com tristeza. — Pensei que se conseguisse trazê-lo aqui ele passaria a prestar mais atenção em mim e nas crianças.
Senti uma pena imensa. Eu tinha conhecido Larry dez anos antes, quando ele fora diagnosticado com um tumor maligno. Naquela época, aos 29 anos, ele era um corretor da bolsa de valores com um futuro promissor. Duas palavras de um médico tinham mudado toda a sua vida. Mas ele e a mulher, perdidamente apaixonados, apoiaram-se durante todo o ano em que ele foi submetido a uma quimioterapia brutal. Seus filhos eram pequenos, e havia muitos motivos para viver. Entretanto, oito meses após o tratamento, o câncer voltou. Dessa vez, ele teve que fazer um transplante de medula. Naquela época, uma em cada duas pessoas que se submetiam a esse tipo de procedimento não resistia. Larry assumiu os riscos porque amava muito a mulher. E foi um dos que têm sorte.
Ao final do tratamento, era outro homem.
— Há coisas mais importantes na vida do que ganhar dinheiro — me disse ele, então.
Convencido de que havia um motivo para que sua vida tivesse sido poupada, ele sentiu que precisava usar o seu tempo

para fazer algo realmente importante. Abandonou o mundo dos negócios e passou a se dedicar a causas ambientais.

Nos dez anos que se seguiram, esse tema transformou-se em um movimento que envolveu todo o país, e Larry tornou-se um homem obcecado. Começou trabalhando cinquenta horas por semana. Logo, passou a sessenta horas. Viajava com frequência e quando estava em casa trabalhava noite adentro por fax e e-mail. Comia e dormia de maneira irregular. Meses se passavam sem que ele conversasse com os filhos, sem que tivesse um momento tranquilo com a mulher ou dedicasse um tempo a si mesmo. Sua energia era usada até o limite. Mas havia sempre algo mais a ser feito, um novo projeto, uma nova causa. Sua mulher e seus filhos, que no início se sentiam sozinhos, acabaram criando uma vida da qual ele não fazia parte.

– Diga a ele que eu gostaria de vê-lo – pedi à esposa.

Ela assentiu.

– Vou dizer a ele depois que der a notícia.

Alguns dias depois, Larry apareceu. Sentou-se na cadeira em frente a mim, extenuado. Fiquei chocado com sua aparência.

– Carol disse que você queria falar comigo.

– Isso mesmo. Ela me contou que está saindo de casa.

– É verdade. Ela me disse também.

E começou a chorar.

– Há dez anos eu estava perdendo a minha vida – continuou. – Não a perdi naquela época, mas estou perdendo agora.

– Como foi que você lidou com a situação há dez anos?

– Fiquei desesperado. A vida estava escorregando por entre meus dedos. – Fez uma pausa. – Ainda me sinto assim. O mundo está morrendo. Talvez não tenhamos outra chance.

Ficamos sentados em silêncio, olhando um para o outro. Meu coração doía por aquele homem tão bom. Perguntei, então:
– Quando foi a última vez que você fez uma refeição com a sua família?
Ele fez que não com a cabeça:
– Não me lembro.
– E a última vez que foi dormir sem ligar o despertador?
Ele balançou a cabeça em negativa outra vez.
– Você se lembra da última vez que brincou com seus filhos ou leu uma história para eles?
– Não – respondeu ele em voz baixa.
– Larry, você trataria uma coruja dessa maneira?
Ele olhou para baixo, balançando a cabeça mais uma vez. Percebi que recomeçara a chorar.
– Acho que não posso mais continuar assim – disse ele.
Expliquei a Larry que compreendia quão importante era o seu trabalho.
– Servir a vida tem feito você feliz?
Ele me olhou, sem compreender.
– Como é possível sentir-se feliz servindo a vida? – perguntou. – Servir requer sacrifícios.

Talvez não. Um dos princípios fundamentais do verdadeiro ato de servir é ensinado inúmeras vezes a bordo de cada avião. Larry, que voa mais de 1 milhão de quilômetros por ano, ouviu-o centenas de vezes sem perceber a importância para a própria vida. Este ensinamento está nas instruções dadas pela tripulação minutos antes da decolagem: "Em caso de despressurização da cabine, máscaras de oxigênio cairão acima de sua cabeça. Coloque primeiro a sua máscara antes de tentar ajudar a pessoa ao seu lado." Servir baseia-se na premissa de que qualquer vida é digna de nosso apoio e nossa devoção. Para Larry, isso era verdade, menos em relação à própria vida.

Abençoando

Nas tardes de sexta-feira, depois da escola, quando eu chegava à casa de meu avô, o chá já estava servido sobre a mesa da cozinha. Meu avô não bebia o chá da mesma maneira que os pais de meus amigos. Ele colocava um cubo de açúcar entre os dentes e tomava o líquido quente direto do copo. Eu fazia o mesmo. Preferia assim à maneira como me ensinaram em casa.

Depois do chá, vovô colocava duas velas sobre a mesa e as acendia. Então, conversava um pouco com Deus, em hebraico. Algumas vezes falava alto, mas em geral fechava os olhos e ficava em silêncio. Eu sabia que ele estava falando com Deus pelo coração. Ficava sentada e esperava pacientemente, pois a melhor parte da semana estava para começar.

Quando terminava de falar com Deus, ele olhava para mim e dizia:

– Venha cá, Neshumele.

Eu ficava de frente para ele, e vovô apoiava as mãos suavemente sobre a minha cabeça. Começava agradecendo a Deus pela minha existência e por fazer dele o meu avô. Mencionava especificamente os meus progressos naquela semana e contava a Deus alguma informação a meu respeito. A cada semana eu esperava para ver qual seria. Se eu tivesse cometido erros, ele falava da minha honestidade em dizer a verdade. Se houvesse algum fracasso, ele valorizava o quanto eu tinha me esforçado para acertar. Se até tivesse tirado uma soneca com a luz do quarto apagada, ele festejava a minha coragem por dormir no escuro. Então, vovô me abençoava e pedia às mulheres do passado, que eu conhecia de tantas histórias – Sara, Raquel, Lia e Rebeca –, que tomassem conta de mim.

Aqueles eram os únicos instantes da semana em que eu me sentia totalmente segura e em paz. Os membros de minha família, quase todos médicos e profissionais da saúde, lutavam para aprender e progredir cada vez mais. Nada era suficiente, havia sempre um novo nível de exigência. Se eu tirava 98 numa prova, o comentário de meu pai era:

– O que aconteceu com os dois pontos que estão faltando?

Corri atrás daqueles dois pontos, sem descanso, durante toda a infância. Mas meu avô não se preocupava com isso. Para ele, eu já era o suficiente. E de alguma maneira, quando eu estava com ele, tinha a mais absoluta certeza de que isso era verdade.

Meu avô morreu quando eu tinha 7 anos. Foi muito difícil para mim, pois nunca vivera num mundo sem ele. Ele me olhava de uma maneira que ninguém jamais olhara e me chamava por um nome especial, "Neshumele", que quer dizer "querida alma pequenina". Mais ninguém me chamava assim. No começo, fiquei com medo de que, sem ele para olhar por mim e contar a Deus quem eu era, eu desaparecesse. Mas, com o passar do tempo, comecei a entender que, de alguma forma misteriosa, eu tinha aprendido a me ver através dos olhos do meu avô. E que, uma vez abençoados, estamos abençoados para sempre.

Muitos anos mais tarde, quando, já bem velha, minha mãe começou a acender velas e a conversar com Deus, contei sobre aquelas bênçãos e quanto elas significaram para mim. Ela sorriu e disse:

– Eu abençoei você durante toda a minha vida, Rachel. Só não tive a sabedoria de fazer isso em voz alta.

Lutando com o anjo

Às vezes, uma ferida é o lugar onde encontramos vida pela primeira vez. Para isso precisamos perceber o seu poder e entender os seus caminhos. A ferida pode trazer uma sabedoria capaz de nos fazer viver melhor, nos permitindo ter uma visão mais verdadeira de nós mesmos e da vida.

Uma das últimas histórias que meu avô me contou foi sobre um homem chamado Jacó, que tinha sido atacado enquanto dormia à beira de um rio. Ele estava viajando e avistou um lugar que parecia seguro, então resolveu parar para descansar. De repente Jacó acordou e se viu preso ao chão por braços muito fortes. Estava tão escuro que ele não conseguia enxergar seu inimigo, mas podia sentir o seu poder. Juntou todas as suas forças e começou a lutar.

– Era um pesadelo, vovô? – perguntei, esperançosa.

Naquela época, eu sofria de pesadelos e só conseguia dormir com uma pequena lâmpada acesa. Cheguei mais perto de meu avô e peguei sua mão.

– Não, Neshumele. Aconteceu de verdade, mas há muitos anos. Jacó podia ouvir a respiração do seu agressor, podia sentir o tecido de sua roupa, podia até sentir o seu cheiro. Ele era um homem forte, mas, mesmo usando toda a sua força, não conseguia se soltar nem derrubar o inimigo. Rolaram pelo chão, lutando com fúria.

– Por quanto tempo eles lutaram, vovô? – perguntei, curiosa.

– Por muito tempo, Neshumele, mas a escuridão não dura para sempre. Começou a amanhecer e, quando a luz chegou, Jacó percebeu que estivera lutando com um anjo.

Fiquei surpresa.

– Um anjo de verdade, vovô? Com asas?

– Não sei se ele tinha asas, Neshumele, mas era, sem dúvida, um anjo. Com a chegada da luz, o anjo soltou Jacó e tentou ir embora, mas Jacó o impediu. "Deixe-me ir", pediu o anjo. "Não vou deixar você ir enquanto não me abençoar", falou Jacó. O anjo lutou com força, pois queria muito escapar, mas Jacó o manteve preso. E, então, o anjo lhe deu uma bênção.

Eu me senti muito aliviada.

– E aí ele foi embora, vovô? É o fim da história?

– É, mas Jacó machucou a perna na luta. Antes de ir embora, o anjo tocou-o no lugar do ferimento.

Isso era algo que eu podia entender. Minha mãe costumava fazer o mesmo.

– Para ajudar a sarar, vovô?

Meu avô balançou a cabeça.

– Acho que não, Neshumele. Ele o tocou ali para que Jacó se lembrasse. Jacó carregou o ferimento pelo resto da vida. Era o lugar da lembrança.

Aquela história me deixou perplexa. Como poderia alguém confundir um anjo com um inimigo? Mas vovô disse que isso acontecia sempre.

– Mesmo assim, essa não é a parte principal da história – explicou ele. – A parte mais importante é que tudo tem a sua bênção.

No ano anterior à sua morte, meu avô me contou essa história várias vezes. Oito ou nove anos depois, no meio da noite, a doença com que tenho convivido por mais de quarenta anos evidenciou-se da maneira mais insólita que se poderia imaginar. Eu tive uma forte hemorragia interna. Aconteceu sem nenhum aviso. Fiquei em coma e permaneci no hospital por vários meses. A escuridão e a luta prolongaram-se ainda por muitos anos.

Quando olho para o passado, fico pensando se meu avô, velho e próximo da morte, não teria me deixado essa história como uma bússola. É uma história enigmática sobre a natureza das bênçãos e a natureza dos inimigos. Sobre como é tentador soltar o inimigo e fugir. Abandonar a luta no passado o mais rápido possível e seguir em frente. A vida seria mais fácil assim, mas muito menos autêntica. Talvez a sabedoria consista em se engajar na vida tal como a recebemos, da maneira mais completa e corajosa possível, e não soltá-la enquanto não encontrarmos a bênção desconhecida que existe em todas as coisas.

A primeira vez que fui atacada pela doença de Crohn, há mais de 45 anos, eu me senti profundamente diminuída, diferente, até mesmo envergonhada. À época, eu não sabia que tudo o que desafia o corpo pode desenvolver e fortalecer a alma. Estava concentrada na cura de minha doença e entrei em desespero ao saber que era incurável. Levei muitos anos para tomar consciência do movimento de transformação que acontecia dentro de mim, pois minha atenção estava voltada para a luta contra a enfermidade.

O tempero da vida

Em 1944, aos quase 7 anos, encontrei um livro clássico de fisiologia reprodutiva, que pertencia ao meu tio, um clínico geral. Não compreendi as palavras, difíceis demais para mim, mas as fotografias eram bastante compreensíveis até para uma criança de 6 anos. Elas mostravam uma coisa surpreendente. Arranquei várias páginas do livro e levei-as para a escola. Queria mostrá-las aos meus colegas do primeiro ano.

Como resultado, minha mãe foi chamada à escola no meio do dia e eu tive que ficar aguardando sua chegada sentada em um banco de madeira do lado de fora da sala do diretor. Isso nunca tinha acontecido e eu estava me sentindo péssima. Mamãe era enfermeira e seu trabalho consistia em ajudar pessoas doentes. Eu não conseguia entender por que a tinham feito deixar seus pacientes para ir até a escola com tanta urgência.

Assim que ela chegou, tudo ficou claro. O diretor estava zangado comigo. Entramos em sua sala e ele contou à minha mãe o que eu tinha feito, exigindo que eu me desculpasse com meus amigos e que ela escrevesse uma carta retratando-se com os outros pais. Ele também exigiu que eu fosse castigada.

Fiquei assustada com o tom de voz do diretor, mas mamãe não se deixou intimidar nem um pouco. Pediu-lhe que explicasse em detalhes o que eu tinha feito de errado. Com a voz alterada, ele me ordenou que contasse o que eu dissera aos meus colegas. Atenta, mamãe ouviu minha singela descrição de uma relação sexual e viu as fotografias que eu tinha mostrado às outras crianças. Então, olhando para o diretor, sem alterar o tom de voz, ela disse:

– Não vejo qual é o problema. É tudo verdade, não é?

Mais tarde, mamãe sugeriu a mim que pedisse desculpas ao meu tio por ter arrancado as páginas de seu livro. Ele achou graça quando soube de toda a história.

Apesar da tranquilidade de minha família, eu me senti tão envergonhada pelo incidente que não conseguia tocar no assunto. Se eu não tinha feito nada de errado, por que o diretor ficara tão aborrecido? Toda a minha família parecia saber sobre aquele tema. Eu suspeitava que até vovô fora informado sobre o que acontecera e tinha certeza de que ele nunca ouvira falar daquelas coisas. Pela primeira vez senti medo de lhe fazer perguntas e isso me deixou bastante infeliz.

Semanas depois desse incidente, vovô e eu estávamos discutindo sobre o Shabat, o dia em que Deus diz ao povo para não trabalhar. Espera-se que as pessoas abandonem todas as pressões e preocupações, como se tirassem roupas muito apertadas, e fiquem em casa, para estar perto de Deus e daqueles que amam.

– Todos os dias precisamos cuidar da vida, garantir comida e abrigo, ajudar uns aos outros. É um trabalho duro, Neshumele. E por isso Deus nos recompensa a cada semana com o Shabat. No Shabat, nós descansamos – explicou-me vovô.

Mas não era isso que acontecia na minha casa e eu queria saber mais.

– Quando é o Shabat, vovô?

Ele me disse que o Shabat começa na sexta-feira, ao escurecer, e termina na noite de sábado. Refleti um pouco sobre o assunto.

– O Shabat termina com as histórias que me contam antes de dormir?

Vovô riu.

– Não, Neshumele, termina com bênçãos e orações. E as pessoas acendem uma vela especial que, na verdade, são três velas que foram trançadas numa só.

Ele levantou uma das minhas tranças. Eu nunca tinha visto as tais velas e fiquei imaginando se seriam trançadas da mesma forma que mamãe fazia com meus cabelos todas as manhãs. Estava intrigada:

– As pessoas ficam muito tristes quando o Shabat acaba e elas têm que voltar para o trabalho? – perguntei.

Ele sorriu e me pediu que buscasse uma pequenina caixa de madeira que ficava sobre a mesa da biblioteca. Era uma caixa no formato de um castelo, de cerca de 20 centímetros de altura, uma peça lindamente entalhada, com minúsculas janelas abertas, torreões e bandeiras de madeira que pareciam esvoaçar. Admirá-la já era uma felicidade. Quando a trouxe, percebi que exalava um aroma ligeiramente doce.

Vovô segurou-a. No rosto, uma expressão serena. Por alguns instantes tive a impressão de que seus pensamentos estavam longe dali. Encostei-me na cadeira em que ele estava sentado e esperei. Após algum tempo, ele me olhou com ternura.

– Esta caixinha está cheia de condimentos frescos – disse ele, abrindo a caixa. Logo senti um delicioso cheiro de canela.

– No final do Shabat, uma caixa de temperos como esta é passada de mão em mão e todos sentem as fragrâncias da terra.

Fiquei confusa.

– Por quê, vovô?

Os olhos de meu avô brilhavam e ele disse que talvez fosse para ajudar as pessoas a não ficarem tristes, para lembrar a elas que o Shabat é belo, sereno e sagrado e que as coisas do mundo são belas, serenas e sagradas também.

– Este mundo não é só trabalho, Neshumele. Deus fez a vida alegre. Existem prazeres como dançar, comer, ver e ouvir que só podemos experimentar aqui na terra. E há uma alegria muito especial que as pessoas dão umas às outras por meio do corpo.

Subitamente, olhei para ele sentindo um rubor nas faces. Ele prosseguiu. Fiquei feliz por ele não ter percebido.

– Sabe quando você abraça seus amigos, quando seus corações se encontram? Não é um momento doce? Bem, existe algo ainda mais doce. Quando dois adultos se abraçam de uma maneira especial, suas almas conseguem se encontrar. – Mais uma vez, ele olhou por cima da minha cabeça, enxergando algo muito distante. – Esse prazer é uma das maiores bênçãos de Deus, Neshumele – disse ele com suavidade.

Embora ele não tenha dito mais nada, uma nuvem cinza que pesava no meu coração se dissipou. Vovô sabia sobre tudo o que estava escrito no livro de tio Frank, e, mais ainda, Deus também sabia. Então devia estar tudo certo.

Um ano depois, meu avô morreu. Fui até seu escritório e percebi que o castelo de madeira já não estava mais sobre a mesa. Em meio à angústia que cercou sua morte eu me esqueci de perguntar sobre a caixinha. Com o tempo, deixei de pensar no assunto.

O mistério da caixa de condimentos foi solucionado anos mais tarde por minha mãe, já bem idosa. Ela estava relembrando seus tempos de infância e me disse que sua mãe, minha avó Rachel, era uma mulher muito bonita e que meu avô fora perdidamente apaixonado por ela durante todo o tempo em que estiveram casados.

– Mas ele nunca falou sobre ela – estranhei.

– Não, ele não falava – respondeu minha mãe. – Era um homem muito reservado.

Meus avós viveram segundo os preceitos do judaísmo ortodoxo. De acordo com suas leis, todos os meses, marido e mulher dormem juntos durante duas semanas numa cama de casal. Nas duas semanas a partir do início da menstruação a mulher dorme sozinha numa cama menor, colocada ao pé da outra. Ao final desse período de separação, ela vai com outras mulheres fazer o Mikvá, a imersão ritual, para se renovar banhando-se em água corrente e orar. Naquela noite, volta para os braços do marido.

Quando voltava dos banhos para retomar a parte física do casamento, minha avó enfrentava um problema. As leis ortodoxas não permitem que o marido olhe diretamente para a mulher. Além disso, tanto sua religião quanto seu recato vitoriano tornavam impossível para ela conversar sobre sexo. Os olhos de minha mãe encontraram os meus.

– Por isso, as mulheres da geração da vovó Rachel encontravam maneiras próprias de mostrar ao marido que poderiam ficar juntos de novo – explicou ela.

Na noite em que voltava do Mikvá, minha avó costumava ir direto ao gabinete onde vovô ficava, absorto como sempre no estudo do Talmude ou da Cabala. Sem dizer uma única palavra, ela tirava a caixa de condimentos do lugar onde costumava ficar e a colocava sobre a mesa, próxima à mão do marido. Pude imaginar meu avô, ainda jovem, sorrindo sem levantar os olhos do livro sagrado.

– Quando acabava seus estudos, ele subia as escadas até o

quarto levando com ele a caixinha – disse mamãe com ternura. – Nós, os filhos, sempre sabíamos.

Emocionada, olhei para minha mãe:

– Ela se parecia com um castelo?

Mamãe sorriu e, com um aceno, respondeu que sim. Expliquei que me lembrava de ter visto a caixa sobre a mesa do vovô quando era pequena e perguntei o que tinha sido feito dela.

Minha mãe lançou-me um olhar que somente as mulheres podem compreender.

– Está com seu avô. Ele quis ser enterrado com aquela caixinha.

Minha avó morreu ainda jovem, muito antes do meu nascimento. A caixa ficara com o marido por quase 25 anos. Mas agora ele tinha acabado de estudar e estava subindo as escadas. Sua separação terminara e, mais uma vez, ele dormiria nos braços da sua amada mulher.

A mulher de Ló

Enid era uma mulher de pouco mais de 70 anos, cujo marido morrera inesperadamente dois anos antes da primeira vez que ela viera para uma consulta. Retraída e distante, durante todo aquele tempo ela jamais chorara ou falara sobre a morte dele. Parou de cozinhar e de cuidar do jardim e da casa. Na maior parte do tempo ficava sentada na sala, vestida com um roupão de banho, olhando pela janela para o nada. Seu médico tinha lhe receitado antidepressivos, mas não fizeram efeito e, depois de algum tempo, ela parou de tomá-los.

– Os remédios não vão trazê-lo de volta – disse ela.

Enid foi levada ao meu consultório por uma de suas filhas, que desabafou:

– Perdi meu pai e minha mãe no dia em que papai morreu.

No início, Enid e eu ficamos sentadas, olhando uma para a outra em silêncio. Ela era uma mulher bonita, mas parecia muito frágil e tão sem vida quanto a cadeira em que estava sentada.

Comecei a conversa perguntando por que ela estava ali.

– Meu marido morreu – falou, desviando o olhar. – Minhas filhas gostariam que eu falasse sobre isso, mas não acho que valha a pena.

Quando pedi gentilmente que me desse mais alguma informação, ela disse apenas:

– Falar é perda de tempo. Ninguém entenderia.

Concordei com ela.

– Mas é claro. Você perdeu a sua vida. Somente seu marido poderia compreender o que você perdeu. Somente ele sabia o que era a vida de vocês dois juntos.

Quando falei isso, ela se virou para me olhar. Seus olhos eram acinzentados, assim como seus cabelos.

– Se ele estivesse aqui, Enid, o que você lhe diria? – perguntei.

Ela me olhou por um longo tempo. Depois, fechou os olhos e começou a falar com o marido em voz alta, contando a ele como era a vida sem a presença dele. Falou sobre ir sozinha aos lugares que eles consideravam especiais, levar sozinha o cachorro para passear, dormir sozinha. Contou a ele sobre a necessidade de aprender a desempenhar todas as pequenas tarefas das quais ele sempre se incumbira e das quais ela nunca tomara conhecimento. Falou com ele sobre tempos dos quais somente ele poderia lembrar, velhas memórias compartilhadas pelos dois. E então, pela primeira vez desde que ele tinha morrido, Enid começou a chorar. Chorou por um longo tempo.

Quando as lágrimas pararam de correr, perguntei se ainda tinha algo que gostaria de dizer. Hesitante, ela falou sobre como estava ressentida com ele por tê-la abandonado, obrigando-a a passar a velhice sozinha. Era como se o marido tivesse quebrado uma promessa. Sentia uma imensa saudade dele e de tudo o que ele tinha trazido para a sua vida.

– Ele me ensinou tudo sobre o amor – contou-me Enid.

Filha de pais rígidos e desconfiados, ela ficou encantada pela ausência de egoísmo no marido e por sua prontidão em estender a mão ao próximo, mesmo que fosse um desconhecido. Contou-me inúmeras histórias sobre sua generosidade, sua bondade. Enid olhava para mim, mas seus olhos enxergavam o passado.

– Herbert nunca media esforços para ajudar – disse ela. – Eram muitas as pessoas que o amavam.

Fiquei profundamente tocada por Herbert e a mulher que ele amou.

– Enid, se Herbert estivesse aqui, o que ele diria sobre a vida que você tem levado nestes últimos dois anos?

Sua expressão foi de surpresa.

– Ele diria: "Enid, por que você construiu um monumento de dor em minha memória? Toda a minha vida se baseava no amor." – Ela fez uma pausa. Pela primeira vez vi em seu rosto a sombra de um sorriso. – Talvez haja outras maneiras de me lembrar dele.

Como a própria me explicou mais tarde, Enid achava que deixar de sentir dor seria uma traição à memória de Herbert e diminuiria o valor de sua vida. Agora, percebia que tinha traído o marido ao apegar-se tanto à sua dor, fechando o seu coração. Ela nunca mais voltou ao meu consultório. Herbert já tinha lhe contado tudo o que ela precisava saber.

Cada grande perda exige que façamos uma nova opção pela vida. Para tanto, precisamos sofrer e lamentar. A dor que não é sofrida transforma-se numa barreira entre nós e a vida. Quando não sofremos a dor, uma parte nossa fica presa ao passado, como a mulher de Ló, que, no relato da Bíblia, ao olhar para trás transformou-se numa estátua de sal.

Sofrer a dor da perda não significa esquecer. É uma maneira de conseguirmos sarar, recordar com amor e não com sofrimento. É um processo de escolha. Vamos nos desapegando, um a um, dos momentos do passado e choramos por eles.

Uma a uma, nos apossamos das coisas que passaram a compor uma parte daquilo que somos e damos início à reconstrução.

Cerca de um ano após nosso encontro, Enid me enviou um recorte do jornal local sobre um grupo de viúvas que ela tinha formado para ajudar pessoas idosas e sozinhas com as tarefas de casa. Junto ao recorte não havia nenhum bilhete, apenas um curto poema que ela tinha escrito e assinado: "Dor./ Levanto a âncora/e me deixo levar pelo vento."

Possuir

Há muito tempo eu e o filho pequeno de um casal de amigos desenvolvemos uma boa relação de amizade. Brincávamos com dois minúsculos carrinhos, fazendo-os correr, estacionar, apostar corridas. Íamos dizendo um ao outro o que imaginávamos ver "pela estrada". Algumas vezes, eu ficava com o carrinho de roda quebrada. Outras vezes, o menino ficava com ele. Era muito divertido, e eu amava muito aquela criança.

Naquela época, a maioria dos meninos de 6 anos colecionava os tais carrinhos. Kenny sonhava com eles e eu ansiava por comprá-los, mas não sabia como fazer isso sem constranger meus amigos. O pai de Kenny era um artista e sua mãe, uma dona de casa que imprimia beleza em tudo o que tocava. Viviam muito bem, mas tinham pouco dinheiro.

Então, uma enorme empresa de petróleo começou uma distribuição de carrinhos: a cada tanque cheio, um brinde. Fiquei muito feliz. Imediatamente convenci todo o pessoal da clínica a usar aquela marca de gasolina durante um mês e organizei vinte listas, uma para cada um, evitando assim que ganhássemos dois caminhões de bombeiro, ou dois Porsches, ou dois Volkswagens. Em um mês conseguimos a coleção completa e eu a entreguei a Kenny dentro de uma caixa grande. Os carrinhos encheram todos os parapeitos de janela da sala e, então, Kenny parou de brincar com eles. Confusa, perguntei por que ele não tinha gostado dos carros. Kenny desviou o olhar e, com a voz trêmula, disse:

– Não sei como gostar de tantos carros, Rachel.

Fiquei atônita. Desde então tenho tido o cuidado de não possuir mais carrinhos do que sou capaz de amar.

Muitas pessoas têm carrinhos em excesso. Eles podem fazer com que elas se sintam vazias. Uma mulher que encontrou uma nova vida após ter lutado contra um câncer me disse que, antes de ficar doente, ela sempre se sentira vazia.

– E para preencher esse vazio eu precisava ter cada vez mais coisas. Ia acumulando mais e mais objetos, mais e mais livros, revistas e jornais, mais e mais pessoas, o que só piorava a situação, pois quanto mais eu acumulava menos eu usufruía. "Possua tudo, usufrua nada": eu podia ter colocado um cartaz com esses dizeres na porta da frente da minha casa. O tempo todo eu pensava que me sentia vazia porque não possuía o suficiente.

A mudança começou com um roupão de banho, uma das poucas peças de roupa que ela levou para o hospital quando submeteu-se à cirurgia para a retirada do tumor. Todas as manhãs ela o vestia e apreciava sua maciez, sua linda cor e a maneira como ele acompanhava os movimentos de seu corpo. Depois, saía caminhando pelo saguão.

– Certa manhã, estava vestindo o roupão quando fui tomada por um enorme sentimento de gratidão. – Ela me olhou constrangida. – Sei que parece engraçado, mas eu me sentia uma pessoa de sorte apenas por possuí-lo. O mais estranho, Rachel, é que ele nem era novo. Eu o comprara havia alguns anos e já o tinha usado algumas vezes. Talvez, por ser um dos cinco roupões guardados no meu armário, eu nunca o tivesse visto de verdade.

Ao final do tratamento quimioterápico, essa mulher vendeu mais da metade de todos os objetos que possuía. E riu muito quando me contou que seus amigos a consideravam "quimiolouca". Entretanto, essa atitude trouxe mais cor à sua vida.

– Eu não fazia ideia de tudo o que estava guardado em meus armários, gavetas ou estantes. Não conhecia metade das pessoas da minha lista de contatos. Muitas delas jamais me mandaram sequer um cartão, Rachel. Hoje possuo muito menos coisas e conheço muito menos gente, mas não me sinto vazia. Possuir e usufruir são coisas muito diferentes.

Ficamos sentadas por alguns minutos, observando o sol criar sombras no tapete do consultório. Então, ela olhou para o alto e disse:

– Talvez a gente só possua de fato aquilo que é capaz de amar.

Preservando a integridade

Como parte de uma pesquisa, pedi a 73 médicos que classificassem 21 valores por ordem de importância: primeiro, de acordo com o que era mais importante em seu trabalho; segundo, na vida pessoal. A lista incluía itens como admiração, controle, sabedoria, competência, amor, poder, solidariedade, alegria, fama, sucesso e bondade.

Ninguém entregou duas listas idênticas. Ao contrário, muitas eram bem diferentes. A bondade, por exemplo, era o número dois na lista de valores pessoais e número quinze na lista de valores profissionais da mesma pessoa. Competência ocupava o primeiro lugar na lista da vida profissional e ficava em último na vida pessoal do mesmo médico. Muitos ficaram impressionados ao constatar que viviam de uma maneira diferente daquela em que acreditavam. A tarefa chamou atenção deles para esse fato pela primeira vez. Ao discutir os resultados, um surpreendente número de médicos afirmou que achava impossível viver com base nos valores que consideravam importantes. Como disse um dos entrevistados, "a vida nos faz menores". Porém, é claro que isso só acontece se você permitir.

Acredito que esse fato se aplica a todos nós. Muitas pessoas sacrificam todos os dias a integridade em nome da conveniência. Inúmeros pacientes com câncer já me afirmaram que não diziam sempre a verdade por medo de sofrer rejeição ou alguma forma de perda, pois viviam e trabalhavam com pessoas cuja visão de vida era diferente da sua. Tornaram-se invisíveis para sobreviver ou para manter sua posição na sociedade. Mas a experiência tem me mostrado que quando não vivemos de maneira coerente com nossos próprios valores, alguma coisa dentro de nós começa a se corroer. Conseguimos sobreviver, mas não viveremos plenamente, de forma integral.

Talvez a perda da integridade seja a maior de todas as tensões, algo que nos machuca muito mais do que a competição, a pressão do tempo ou a falta de respeito. Nossa vitalidade está enraizada em nossa integridade. Quando não vivemos inteiros, nossa força de vida se divide. Separados de nossos valores autênticos, nós nos tornamos fracos. Talvez seja por isso que, quando nossa vida é ameaçada por doenças graves e instintivamente começamos a juntar nossas forças, quase sempre nossos valores são os primeiros a mudar.

É surpreendente observar quanto as pessoas não percebem que seus valores mais profundos são tão únicos quanto suas impressões digitais. Quando não temos essa percepção, sacrificamos determinadas coisas para obter o que os outros consideram mais importante. Aquilo que abandonamos para sermos considerados pessoas de sucesso pode acabar sendo muito mais importante para nós do que coisas às quais nos apegamos ou pelas quais lutamos. Às vezes é necessário um alarme como o câncer para nos trazer de volta a nós mesmos. A crise da doença pode nos libertar da vida que criamos e permitir que iniciemos um retorno à vida que é autenticamente nossa. E aquilo que descobrimos nesse momento não chega a ser uma surpresa para nós. Um de meus pacientes, um executivo com diagnóstico de câncer, disse-me um dia:

– Eu sempre soube o que era importante. Apenas não me sentia no direito de viver de acordo com isso.

Harry era administrador de uma grande companhia de seguros quando descobriu que tinha câncer de cólon. Sendo o primeiro de uma família de agricultores a frequentar uma faculdade, foi um aluno excepcional desde o início. Era conhecido no meio como um homem impetuoso, politicamente esperto e ambicioso, que fazia da carreira a própria vida. O câncer fora descoberto bem cedo e o prognóstico era excelente. Os colegas esperavam que reassumisse o trabalho bem depressa. Entretanto, dois dias após retornar ao escritório, Harry abandonou o cargo, surpreendendo a todos.

O pessoal da empresa imaginou que ele tivesse recebido uma oferta melhor, mas não era isso. Harry ficou sem trabalhar durante um ano. Depois, comprou um vinhedo e se mudou com a família para a propriedade. E passou a plantar uvas e fabricar vinho.

– Desde o instante em que acordei daquela cirurgia, tive certeza absoluta de que estava vivendo uma vida que não era minha. Sofri muita pressão dos meus pais para alcançar o sucesso. Eles estavam muito orgulhosos por eu ter escapado da dura vida que levavam havia tantas gerações. No início, eu me senti envolvido pelo desafio, querendo muito vencer. Depois, simplesmente continuei a me esforçar. Em algum momento desse processo parei de ouvir a mim mesmo. Meu pai era um agricultor, assim como meu avô e meu bisavô. Ele detestava esse trabalho, mas eu sou diferente. Eu compreendo a terra. Ela é importante para mim. Conheço esse trabalho como conheço a mim mesmo. Sinto que pertenço a esse lugar de uma maneira que jamais senti em qualquer outro.

Nós nos sentamos na varanda de sua casa, admirando o imenso verde formado pelas videiras que dançavam suavemente ao sabor do vento. Rosas adornavam a cerca em torno da casa. O mundo dos negócios estava a anos-luz de distância. Como se pudesse ler meus pensamentos, ele me disse, com um sorriso:

– Meu lema costumava ser: "Faça do meu jeito ou desapareça." Eu me sentia muito orgulhoso de estar vivendo, pessoal e profissionalmente, de acordo com os meus desejos. Foi difícil enxergar que eu tinha me vendido de uma forma tão drástica que nem conseguia perceber.

A busca da integridade é um processo contínuo que requer atenção constante. Um colega médico, descrevendo a própria busca de autenticidade, me contou que vê a vida como se fosse uma orquestra. Lutar por sua integridade o faz lembrar o momento em que, antes do concerto, o maestro pede ao oboísta que toque um lá. No início ouve-se uma confusão de sons causada pelos músicos que tentam harmonizar seus instrumentos a partir daquela nota. Porém, à medida que cada um deles se aproxima do tom, o barulho diminui e, quando enfim tocam juntos, há um momento de paz, um sentimento de volta ao lar.

– É assim que eu sinto – disse ele. – Estou sempre afinando a minha orquestra. Em algum lugar dentro de mim existe um som que é só meu, e eu luto todos os dias para ouvi-lo e para afinar minha vida por ele. Algumas vezes, as pessoas e as situações me ajudam a ouvir minha nota com maior clareza. Outras vezes, elas dificultam a minha audição. Depende muito do meu compromisso em querer ouvir e da minha intenção de me manter coerente com essa nota interior. Somente quando estou harmonizado com ela é que posso tocar a música misteriosa e sagrada da vida, sem corrompê-la com minha dissonância, minha amargura e meus ressentimentos, compromissos e temores.

Quer estejamos ouvindo ou não, a nossa integridade canta no fundo do coração. É uma nota que só os ouvidos conseguem perceber. Algum dia, quando a vida nos deixar prontos para ouvi-la, ela vai nos ajudar a encontrar o caminho de volta para casa.

Professores por toda parte

Lembro-me bem de algo que aconteceu quando eu estava no terceiro ano escolar. Eu e minha mãe andávamos por uma rua do centro de Nova York, abrindo caminho entre a multidão. Eu tinha acabado de conseguir uma vaga em uma turma especial por ter tirado uma nota excelente. Minha nova professora dissera que éramos mais capazes do que a maioria das pessoas do país. Enquanto andávamos entre a multidão apressada, lembrei-me dessa afirmação e me senti tomada de um orgulho próprio de uma criança de 8 anos. Então comentei com mamãe que, segundo minha professora, eu era mais inteligente do que quase todas aquelas pessoas que nos rodeavam. Ela parou imediatamente e se agachou para que ficássemos no mesmo nível de altura. Enquanto os transeuntes passavam, ela me explicou que cada ser humano possui uma sabedoria secreta, cada um sabe algo mais do que eu sobre como viver, como ser feliz, como amar.

Olhei para cima e vi as pessoas que passavam. Eram adultos.

– Você diz isso porque elas já são grandes, mamãe? – perguntei, surpresa.

– Não, querida. Vai ser sempre assim. É como as coisas são.

Olhei de novo a multidão que passava por mim. De repente, senti vontade de conhecer aquelas pessoas, aprender o que elas sabiam, fazer amigos.

Essa lição ficou perdida junto a outras de minha infância.

Porém, logo depois que me formei em medicina, tive um sonho tão intenso que nunca mais esqueci, apesar de não ter compreendido o seu significado. No sonho, fiquei parada à soleira de uma porta durante muito tempo. As pessoas iam atravessando a porta. Não sei aonde estavam indo ou de onde vinham, mas isso não parecia ter importância. Eu as via, uma de cada vez, cruzar aquela porta. Ao passar por ali, elas paravam, me olhavam por alguns instantes e me entregavam, cada uma delas, um objeto diferente. Diziam: "Aqui está algo para você guardar." E seguiam em frente. Eu me sentia profundamente agradecida.

Talvez todos nós estejamos parados junto a uma porta como essa. Algumas pessoas a atravessam, seguindo a própria vida, vida que poderemos jamais conhecer ou testemunhar. Outras a atravessam em direção à morte e ao desconhecido. Todas deixam alguma coisa no caminho. Ao acordar daquele sonho, consegui perceber o valor que existe em cada vida.

Conhecendo o coração

No terceiro ano do curso de medicina, começamos a atender nossos próprios pacientes, sob cuidadosa supervisão. A primeira pessoa que atendi era uma viúva já idosa com insuficiência cardíaca das mais simples. Era a paciente ideal para alguém que ainda não tinha muito conhecimento, um caso típico de doença de fácil tratamento. Consegui fazer o diagnóstico sem ajuda, apenas auscultando o coração. Exames posteriores confirmaram que minha auscultação estava correta: ela sofria de doença coronariana, com hipertrofia ventricular esquerda. Junto com o médico que a atendia consegui elaborar um plano de tratamento: diurético e Digoxina. Eu vibrava de emoção.

Com poucas semanas de tratamento, a terceira batida do coração desapareceu, ela não se queixava mais de falta de ar, a curva de tolerância ao exercício começou a melhorar e o edema nos tornozelos diminuiu. Por alguma razão, esses sinais de melhora da função cardíaca não causavam na paciente a excitação e a alegria que provocavam em mim. Lembro-me de ter pensado que isso provavelmente se devia à sua idade avançada – a vida para ela talvez já não tivesse o mesmo significado que tinha para mim. Um pouco antes do Natal, eu a liberei das consultas frequentes, mantendo uma dose de Digoxina e dando-lhe instruções para retornar em seis meses.

Enquanto escrevia a minha primeira receita, senti que estava me tornando uma médica de verdade.

No início de março, conferindo os pacientes que atenderia no dia, fiquei muito preocupada quando vi que ela estava de volta. Era a terceira paciente do dia. Enquanto atendia as primeiras, procurava ansiosamente rever o caso em minha mente. Tive certeza de que eu havia cometido algum erro e que minha paciente estava de novo com um quadro de insuficiência cardíaca. Por qual outro motivo ela teria voltado tão cedo? Qual teria sido a minha falha? Não conseguia pensar em mais nada.

Encontrei-a sentada na sala de exames. Ao perceber meu olhar de surpresa, ela me disse que não estava ali para um novo exame. Queria apenas me entregar algo. Do fundo de sua enorme bolsa, ela tirou um embrulho de papel encerado e colocou-o em minha mão. Ao abri-lo, deparei com quatro pequeninas flores roxas. Olhei para elas perplexa.

– São muscaris – disse ela.

Minha paciente e seu marido tinham plantado aquelas flores no jardim de casa havia mais de 40 anos. Elas renasciam a cada primavera e eram o primeiro sinal de que naquele período a vida era mais forte do que o inverno.

No outono anterior, quando sentira sua vida retrair-se e vacilar, ela não pensou no inverno, mas na morte. Lembrou-se dos muscaris e das outras flores do jardim, que retornavam a cada primavera, e pensou que não as veria outra vez. Sentiu muito medo. Ouviu minha explicação minuciosa sobre a ação do medicamento que eu planejava lhe receitar, mas ficou descrente. Eu era tão jovem, como poderia saber? Quase sessenta anos nos separavam. Ela sorriu para mim.

– Obrigada, doutora. Obrigada pela ajuda.

Eu sabia, mas não tinha compreendido de fato. Meus livros de farmacologia traziam explicações sobre a ação da digoxina, suas contraindicações e sua dosagem. Eu sabia que, aos 84 anos, um coração com problemas responderia ao medicamento. O livro me ensinara tudo o que eu precisava saber, exceto que o amor pela vida não é uma função do músculo cardíaco.

Recentemente, num seminário sobre auscultação, fomos instruídos a colocar o estetoscópio no peito e passar vários minutos ouvindo o próprio coração. Éramos todos de meia-idade e, nos primeiros instantes, nos sentimos ansiosos ao fazer esse autodiagnóstico, temendo detectar algum problema. Porém, à medida que o tempo foi passando, superamos o temor e ouvimos a batida firme e inalterável que estivera sempre ali, mesmo antes de nos tornarmos seres humanos completos. Nossa vida e todas as outras dependiam daquela batida. Aquele foi um encontro profundo e indescritível com o mistério. Ficamos muito comovidos. Vínhamos auscultando e diagnosticando corações havia vários anos, mas nenhum de nós tinha experimentado aquilo antes. Naquele momento vislumbramos algo que ultrapassava a nossa maneira habitual de ver e ouvir, e tivemos consciência de que aquilo com o qual lidávamos todos os dias era a própria vida. Foi um momento que meu avô teria abençoado.

Depois disso, fez-se silêncio. Então, um dos cardiologistas começou a falar sobre seu trabalho e disse que não compreendia como era possível estar tão próximo a algo sagrado sem se dar conta. Isso o fazia se lembrar de uma oração que ouvira havia muito tempo. Um tanto constrangido, ele a repetiu em voz alta:

"Os dias passam e os anos vão desaparecendo enquanto caminhamos, cegos, em meio a milagres. Deus, faça com que nossos olhos vejam e nossa mente consiga conhecer. Permita que haja momentos em que Sua presença, como um raio, ilumine a escuridão na qual caminhamos. Ajude-nos a enxergar, para onde quer que nossos olhos se voltem, que o arbusto queima sem se consumir. E nós, barro tocado por Deus, buscaremos a santidade e exclamaremos maravilhados: 'Este lugar é repleto de uma reverência que nós não conhecíamos!'"

Eu já ouvira a última frase inúmeras vezes. Era uma das favoritas de meu avô.

Lechaim!

Uma vez, meu avô me deu um cálice de prata muito pequeno, do tamanho de um dedal. Em seu bojo havia gravado um laço com longas pontas de fita. Fora feito na Rússia havia muitos anos. Vovô me deu numa das inúmeras tardes que passávamos juntos, sentados à mesa da cozinha da casa de meus pais, memorizando frases de seus velhos livros e discutindo a natureza da vida. Eu era muito nova, tinha 5 ou 6 anos, e quando ficava inquieta vovô conseguia retomar minha atenção trazendo o vinho sacramental de uva Concord que ficava guardado no fundo da geladeira. Ele enchia de vinho Manischewitz o meu lindo cálice adornado com fitas e colocava um pouco para ele mesmo num grande cálice sacramental de prata, usado há muitas gerações. Então, fazíamos um brinde. Naquela época, a única comemoração que eu conhecia era cantar "Parabéns pra você" e soprar velinhas. Aquele novo brinde era muito melhor.

Meu avô tinha me falado sobre o brinde que fazíamos. Era uma única palavra em hebraico, *Lechaim!* (pronuncia-se le-rai-im), que significa "À vida!". Ele sempre dizia essa palavra com muito entusiasmo.

– A uma vida feliz, vovô? – indaguei uma vez.

Ele balançou a cabeça:

– É apenas "à vida!", Neshumele.

No início não vi muito sentido naquilo e me esforcei para compreender o significado.

– É como uma reza? – perguntei, incerta.

– Ah, não, Neshumele. Nós rezamos por aquilo que não temos. E a vida nós já temos.

– Então por que dizemos isso antes de beber o vinho?

Ele sorriu para mim de forma afetuosa.

– Vovô! – exclamei, desconfiada. – Você inventou isso?

Ele achou graça e me garantiu que não era invenção. Há milhares de anos, em todo o mundo, as pessoas têm repetido essa mesma palavra umas para as outras antes de beber vinho juntas. Era uma tradição judaica.

Eu me senti um tanto perplexa.

– Está escrito na Bíblia, vovô?

– Não, Neshumele. Está escrito no coração das pessoas.

Percebendo minha expressão confusa, ele me explicou que *Lechaim!* significa que, sejam quais forem as dificuldades, mesmo que injustas ou dolorosas, a vida é sagrada e merece ser celebrada.

– Até o vinho é doce para nos lembrar que a vida em si é uma bênção.

Já faz quase 55 anos que ouvi a voz de meu avô pela última vez, mas eu me lembro da alegria dele ao brindar à vida e o brilho de seus olhos quando exclamava *Lechaim!*. Sempre me pareceu extraordinário o fato de que tal brinde fosse feito, há tantas gerações, por um povo para quem a vida não tem sido fácil. Talvez ele só possa ser feito por pessoas que tenham passado por maus bocados, e apenas aqueles que enfrentaram perdas e sofrimentos consigam compreender a sua força.

Lechaim! é uma forma de viver a vida. À medida que vou ficando mais velha, sinto que esse brinde me fala cada vez menos da celebração da vida e mais da sabedoria de optar pela vida. Nos vários anos em que venho aconselhando pacientes com câncer, fui testemunha, inúmeras vezes, de pessoas que optaram pela vida apesar das perdas, das dores e das dificuldades. A mesma alegria imutável que vi nos olhos de meu avô estava em cada uma delas.

II

Tornando-se uma bênção

Estejamos ou não conscientes disso, o fato é que aperfeiçoamos a qualidade humana no decurso da vida. Cada vez mais, as pessoas buscam técnicas espirituais para ajudá-las nessa função, mas as alegrias e os sofrimentos também têm o mesmo papel. Cada existência nos traz inúmeras oportunidades de nos tornarmos mais plenos.

A vida oferece sabedoria com generosidade. Tudo nos ensina. Nem todos aprendem. A vida pede o mesmo que nos era exigido nas salas de aula: "Acorde", "Preste atenção". Mas prestar atenção não é algo simples. É necessário que não nos deixemos distrair por expectativas, experiências passadas, rótulos e máscaras. Não podemos tirar conclusões precipitadas e precisamos estar receptivos às surpresas. A sabedoria alcança com mais facilidade aqueles que têm coragem de abraçar a vida sem fazer julgamentos e que se dispõem a esperar sem saber, algumas vezes por um longo tempo. Pode ser preciso sofrer. Porém, no final, seremos mais do que éramos quando começamos. Existe a semente de uma plenitude maior em cada um de nós.

Não é possível adquirir sabedoria, mas, com o passar do tempo, podemos nos tornar sábios. A sabedoria envolve uma mudança em nossa natureza básica, um aprofundamento na capacidade de compaixão, de benevolência, de perdão, de não ferir e de servir. A própria vida rega a semente dentro de nós. A capacidade de sabedoria cresce naturalmente no decorrer da vida.

Saber que há uma semente em cada um traz uma mudança na forma de ver o mundo. Somos muito mais do que aparentamos. Muitas coisas não são exatamente como parecem ser. O que conseguimos ver e tocar no fruto do carvalho – a cor, o peso, a dureza, o comprimento e a largura – não dá a menor ideia do seu potencial que, no devido tempo, vai se tornar visível.

O fruto do carvalho não tem sentido se não soubermos que dentro dele existe algo esperando para se revelar e que sabe como se transformar numa árvore. Nossa humanidade essencial é definida pela capacidade de crescer em sabedoria. Nenhum de nós é apenas o que aparenta.

Cada semente aguarda ansiosa até a total expressão de sua natureza e aproveita todas as oportunidades para pôr em prática a capacidade de se transformar num carvalho. Também dentro de nós existe um anseio natural pela plenitude e pela sabedoria. Sua força varia de uma pessoa para outra. Pode ser consciente em alguns ou estar profundamente enterrada em outros. Mas está sempre lá. A plenitude é uma necessidade básica do ser humano.

Nenhum de nós nasce sábio. O avô que conheci era um homem velho. Quando eu nasci, a vida já o tinha lapidado e ensinado muito. Antes disso, ele fora um jovem brilhante, estudioso do Velho Testamento, orgulhoso de seu intelecto e de seu saber, a peça central de uma congregação de judeus ortodoxos devotos que aceitavam seus ensinamentos como se fossem lei. Ele viveu num mundo simples, onde havia um sentido claro do que era certo ou errado. Acho que eu não o teria amado naquela época. Quase tenho certeza de que seus filhos também não.

Uma vez, minha mãe me contou algo que aconteceu quando ela ainda era menina. As leis judaicas ortodoxas proíbem que haja imagens esculpidas nas sinagogas e nas casas. Essa lei estendia-se às bonecas, e por isso mamãe e sua irmã mais nova nunca puderam ter uma. Com pena das meninas, uma das mulheres que moravam na pequena cidade russa onde viviam presenteou-as com uma boneca de cabeça de porcelana, olhos azuis e cabelos muito louros. Foi uma imensa alegria para as duas irmãs, mas vovô acabou descobrindo. Num acesso de raiva, ele tomou a boneca e a jogou longe, partindo-a em centenas de pedaços. Mamãe tinha mais de 70 anos quando me contou essa história. Ainda assim, seus olhos se encheram de lágrimas.

A história de como a família conseguiu o nome americano também é bastante reveladora. Alguns anos antes do primeiro pogrom – o movimento contra os judeus que aconteceu na Polônia e na Rússia no início do século XX –, meu avô acordou no meio da noite por causa de um sonho que o deixara muito perturbado. A morte tinha estendido uma enorme asa negra, apagando as luzes de todas as sinagogas do Leste Europeu. Ele conhecia quase todas pelo nome e, horrorizado, testemunhou a sua destruição, uma por uma. Vovô não conseguia tirar esse sonho da cabeça, mas não era capaz de compreendê-lo. Algumas semanas depois, quando o sonho se repetiu, vovô o interpretou como uma mensagem e um aviso. Juntou a família e toda a congregação e partiu para os Estados Unidos.

Assim como tantas outras, nossa família recebeu um novo nome ao desembarcar na ilha Ellis, em Nova York. Quando enfim chegaram ao posto da imigração, um funcionário perguntou ao meu avô como ele se chamava. Protegido pelo respeito e pela tradição que o cercavam na Rússia, vovô jamais fora tratado daquela maneira, naquele tom de voz, e, por isso, ficou parado, olhando para o tal sujeito. Achando que vovô não tinha entendido, o homem repetiu a pergunta, dessa vez em iídiche.

Naquela época, essa era a língua dos ignorantes, das mulheres e das crianças. Embora entendesse tudo, vovô raramente falava em iídiche. Em geral, as pessoas se dirigiam a ele em hebraico, a língua de Deus. Sentindo-se muito ofendido, ele virou as costas. Consigo visualizá-lo em minha mente, de pé, jovem e ultrajado, usando casaco e chapéu pretos, a barba longa, os braços cruzados à frente, de costas para o funcionário. É difícil acreditar que aquele era o mesmo homem que, quarenta anos mais tarde, diria à sua neta de 5 anos que sentir-se ofendido nos separa de Deus tanto quanto ofender.

Enquanto isso, minha avó Rachel, uma mulher ainda jovem, tentava acalmar os seis filhos pequenos, assustados diante do novo mundo ao redor. Ela falava com eles em iídiche, tentando aplacar seu choro e confortá-los.

– *Sha, sha* – murmurava ela. – *Shayneh Kinder. Zisskeh Kinder.* (Quietinhas. Lindas crianças. Doces crianças.)

Sem conseguir nenhuma resposta do meu avô, o funcionário apenas disse:

– Ziskind... – E chamou o próximo.

E meu avô se tornou o rabino Ziskind (doce criança) pelo resto da vida.

Tenho dificuldade em ligar meu avô quando jovem ao homem já velho que foi o centro do meu mundo na infância. Quando o conheci, ele já tinha percebido que o sentido literal da lei era muito menos precioso do que seu espírito, que o espírito de Deus habita a alma e não a mente e que o coração de uma menina que não falava nem iídiche nem hebraico poderia conversar diretamente com Deus, em Sua própria língua.

A nossa luta permanente é para nos livrarmos das ilusões e crescermos em sabedoria. O processo de crescimento em sabedoria acontece dentro de nós e ao nosso redor. Nem sempre é agradável ou proposital. Nós tropeçamos e caímos, muitas vezes no escuro, usando de todos os meios para nos aproximarmos cada vez mais daquilo que somos de fato. É um esforço que merece paciência, apoio, solidariedade e atenção.

Segundo aqueles que retornaram de experiências de quase morte, todos estamos aqui para crescer em sabedoria e aprender como amar melhor. À medida que cada um de nós faz isso à própria maneira, vamos, aos poucos, nos transformando numa bênção para os que nos rodeiam e numa luz que clareia o mundo.

Agindo da maneira certa

Em um dos textos da Mishná, Maimônides, o grande médico e rabino, descreve os oito níveis da "caridade", ou as maneiras de sermos generosos com o próximo. Esse era um dos muitos ensinamentos tradicionais que meu avô e eu costumávamos discutir e procurar compreender. Naquela época, ele era um rabino ortodoxo, um eterno estudante do Talmude, e eu, uma menina de 5 anos. Quando um texto era sutil e complexo, vovô o simplificava, mantendo a sabedoria básica ali contida. Foi assim que ele me explicou:

No oitavo e mais baixo nível de generosidade com o próximo, um homem compra de má vontade um casaco para outro que passa frio e lhe pede ajuda. Ele entrega o presente diante de testemunhas e espera para receber o agradecimento.

No sétimo nível, um homem faz o mesmo, sem que tenham lhe pedido ajuda.

No sexto nível, ele faz o mesmo, só que de coração aberto.

No quinto nível, um homem dá um casaco que tinha comprado, de bom grado, mas o faz sem que ninguém saiba.

No quarto nível, um homem, de bom grado e sem testemunhas, dá o próprio casaco a outro.

No terceiro nível, um homem, de bom grado, dá o próprio casaco a outro que não sabe quem lhe deu tal presente. Mas aquele que deu conhece a pessoa que ficou em débito com ele.

No segundo nível, ele dá o seu casaco, de bom grado, sem ter ideia de quem o recebeu. Mas o homem que recebeu o presente sabe quem merece seu agradecimento.

Por fim, no primeiro e mais puro dos níveis, um homem, de bom grado, dá o próprio casaco sem saber quem vai recebê-lo e aquele que o recebe não sabe quem o ofertou. Então, o ato de dar torna-se uma expressão natural da bondade em cada um e acontece de maneira tão simples quanto as flores oferecendo o seu perfume.

Naquela época, ser boa e fazer tudo certo era muito importante para mim, e eu ouvia a descrição de vovô com bastante atenção.

– Eu só vou fazer isso da maneira certa, vovô – assegurei.

Ele começou a rir e me disse com ternura:

– Ah, Neshumele. Aqui existe uma situação muito especial. Imagine se todas as pessoas fossem generosas com os que estão ao seu redor da maneira como fez o primeiro homem: de má vontade, um casaco comprado, na presença de testemunhas, a alguém que precisa e que pediu ajuda. Se todos nós agíssemos assim, haveria mais ou menos sofrimento no mundo?

Refleti um pouco. Dentro de mim, a necessidade de agir corretamente lutava contra a simplicidade da pergunta.

– Menos sofrimento – concluí, embora ainda confusa.

– Isso mesmo – disse ele sorrindo. – Você está certa. Algumas coisas têm tanta bondade em si que merecem ser feitas da maneira que for possível.

Sem dúvida, existem formas de dar que diminuem o outro, roubando-lhe a dignidade e o amor-próprio. Podemos aprender como dar sem tirar nada e com frequência aprendemos enquanto o fazemos. Entretanto, de acordo com meu avô, é melhor abençoar mal a vida do que não abençoá-la nunca.

Aprendendo a enxergar

O ato de enxergar pode transformar a pessoa que vê e também a nossa visão para o resto da vida. Certa vez, voltando da Flórida para casa, uma semana antes do Natal, eu me vi num avião com vários meninos e seus pais que retornavam de uma competição de beisebol para crianças de 7 anos. O time deles conquistara o segundo lugar e o nível de excitação era alto. O barulho também. Sentei-me em meio aos gritos e às saudações, enquanto batatas fritas voavam e uma desesperada comissária tentava fazer com que todos se sentassem para a decolagem. Parecia que eu era a única desconhecida naquele voo, e não estava nada satisfeita.

Na cadeira ao lado da minha, uma mulher negra e gorda segurava um menino de 2 anos que se mostrava bastante irritado. Ela planejava manter a criança em seu colo até chegar a São Francisco. O menino não gostou da ideia e fazia questão de demonstrar aos berros a sua insatisfação. Ao perceber que os sapatos da criança tinham sujado as minhas calças, a mulher o sacudiu um pouco, mandou que ficasse quieto e o deixou descalço. Levantei-me e perguntei à comissária se seria possível trocar de lugar. O avião, porém, estava lotado.

Finalmente, conseguimos decolar. O jantar foi servido e acabou se tornando uma provação. Um menino ruivo e sardento derramou Coca-Cola em cima de mim, resmungou

"Desculpe, vovó" e correu. Depois, minha companheira resolveu soltar o garoto, que desapareceu em meio aos gritos de alegria das outras crianças.

Ler ou fazer qualquer trabalho era impossível. Conformada, puxei conversa com a mulher ao lado, perguntando-lhe sobre a liga de beisebol. Ela começou a me contar do seu trabalho com o time, as inúmeras horas que passava tentando encorajar as crianças, as idas de porta em porta angariando fundos para viagens e compra de material e por que estava ali com dois filhos.

– Não se pode apenas ter filhos – disse ela. – É preciso mantê-los vivos.

Em seu bairro, muitos meninos tinham sido mortos ou estavam presos, vítimas de violência e uso excessivo de drogas. A liga era o seguro de vida que ela oferecia aos filhos. Olhei para aquela mulher com um sentimento de respeito. Tinha quatro crianças, todas com menos de 10 anos. O tal garotinho era o filho mais novo.

Ela perguntou sobre a minha vida e eu lhe falei sobre meu trabalho com pacientes que sofrem de câncer. Uma tristeza tomou conta de seus olhos. Ela me contou que seis meses atrás uma vizinha, uma mulher como ela, com quatro filhos pequenos e sem marido, tinha sido diagnosticada com câncer.

– O tratamento de quimioterapia é horrível. Ela se sente tão enjoada que às vezes não consegue sair da cama. Tomara que consiga vencer tudo isso.

Falou dos sintomas da vizinha, dos medos, dos pesadelos que a atormentavam quase todas as noites. À medida que contava a história, fui ficando curiosa por saber como ela sabia aqueles detalhes tão íntimos. Sua resposta me deixou perplexa. Quando a tragédia visitou a casa ao lado, ela trouxe a vizinha e todos os filhos para dentro de casa. Estavam lá havia cinco meses. Olhei para ela com mais atenção. Não manifestava o menor sinal de martírio ou de orgulho, como se fosse absolutamente natural ajudar uma pessoa com problemas.

Logo depois o menino voltou e, mais uma vez, ela o alimentou no colo, com carinho, até que ele adormeceu. Após algum tempo, as luzes se apagaram para que assistíssemos a um filme. Exaustas, muitas das crianças já tinham caído no sono, assim como muitos pais. Peguei meu livro, coloquei os fones de ouvido, sintonizei algumas canções de Natal e comecei a ler. O avião seguiu em frente, sobrevoando o coração do país. Pouco depois, olhei para a moça ao lado. Ela também tinha adormecido, o rosto bonito e sereno, com o filho pequeno nos braços, aconchegado na enorme barriga da mãe. Na cabeça do menino, o brinde que a empresa de lanches tinha oferecido a todas as crianças: uma pequena coroa dourada feita de papelão.

Encontrando novos olhos

Josh, um de meus antigos pacientes, é um talentoso cirurgião oncológico que buscou ajuda por causa de uma depressão. Era um homem desiludido e cético e estava pensando em se aposentar antes da hora.
– Mal consigo sair da cama todas as manhãs – contou ele.
– Ouço as mesmas queixas dia após dia, vejo as mesmas doenças milhares de vezes. Apenas não me importo mais. Preciso de uma nova vida.
Entretanto, com sua extraordinária habilidade, uma nova vida era justamente o que ele tinha dado a centenas de pessoas.
Proust disse que a viagem da descoberta não consiste em buscar novos cenários, mas em ter novos olhos. Com frequência, é possível passar a ter novos olhos de maneiras bem simples. Costumo sugerir a pessoas como Josh que repassem os acontecimentos do dia por 15 minutos, todas as noites, fazendo a si mesmas três perguntas e respondendo-as num diário. As três perguntas são: "O que me surpreendeu hoje?", "O que me perturbou ou me emocionou hoje?", "O que me inspirou hoje?". Como geralmente são pessoas que vivem ocupadas, eu lhes digo que não precisam escrever muito: o importante é reviver os acontecimentos do dia de uma nova perspectiva. Perguntei a Josh se ele gostaria de fazer essa experiência.
Ele ficou em dúvida.

– Custa menos do que Prozac – argumentei.
Ele riu e concordou.
Não me surpreendi quando ele voltou a me procurar alguns dias depois. Parecia muito irritado ao telefone.
– Rachel, hoje é o terceiro dia e a resposta é sempre a mesma: "Nada. Nada e nada." Não gosto de fracassar no que faço. Existe algum truque nisso?
Achei graça.
– Talvez você ainda esteja olhando para a sua vida da maneira como via antes. Experimente olhar as pessoas ao seu redor como se você fosse um escritor, um jornalista ou, quem sabe, um poeta. Procure as histórias.
Depois de um breve silêncio, ele topou:
– Tudo bem.
Suspirei aliviada, mas ele não voltou a me telefonar.
Passaram-se várias semanas sem que Josh mencionasse o diário. Em nossas sessões, o foco era aliviar suas tensões e buscar formas de reduzir um pouco a sua carga de trabalho. Ele parecia estar melhorando e eu fiquei otimista. Então, seis semanas depois daquele telefonema, ele apareceu com um pequenino caderno de capa dura e começou a me contar sobre o que achava que o estava ajudando de fato.
Quando começou, ele teve problemas com o tal diário e se perguntou como conseguia ser tão ocupado e, ao mesmo tempo, levar uma vida tão vazia. Porém, aos poucos, começou a encontrar respostas para as três perguntas. Abriu o diário e começou a ler um pouco para mim.
No início, o acontecimento mais surpreendente era o tumor de um paciente que tinha crescido ou diminuído 2 ou 3 milímetros, e o mais inspirador era um medicamento novo ou ainda experimental que começara a fazer efeito. Entretanto,

aos poucos, ele começou a enxergar com mais profundidade. Conseguiu ver pessoas que atravessaram um caminho de grande dor e escuridão seguindo uma trilha de amor, pessoas que se dispuseram a enfrentar um desafio e um risco porque valorizavam a vida, pessoas que encontraram formas de triunfar sobre a dor, o sofrimento e até a morte. Fiquei comovida.

Segundo ele me disse, no princípio ele só percebia o que o surpreendia, emocionava ou inspirava muitas horas depois do acontecido, à noite, na privacidade de casa. Aos poucos, porém, esse intervalo foi ficando cada vez menor.

– Comecei a desenvolver uma nova aptidão. E consegui melhorar. Quando passei a ver as coisas no momento em que estavam acontecendo, uma grande mudança ocorreu em mim.

Fiquei confusa.

– O que você quer dizer?

– Bem, no início eu não conseguia falar sobre isso e, então, ia apenas anotando. Mas quando passei a enxergar as coisas de maneira diferente, minha atitude mudou. Isso deve ter ficado aparente no meu tom de voz ou em algum outro detalhe. Parece que as pessoas também perceberam, pois a atitude delas se modificou. Depois de algum tempo, passei a conversar com os pacientes sobre assuntos além do seu câncer e do tratamento. Passei a falar sobre o que eu conseguia ver.

A primeira pessoa com quem ele falou dessa forma foi uma mulher de 38 anos, com câncer de ovário, que tinha se submetido a uma grande cirurgia abdominal seguida de uma debilitante quimioterapia. Numa manhã, durante uma visita de rotina, ele a viu pela primeira vez com a filha de 4 anos no colo e a de 6 recostada na cadeira em que ela estava sentada. As duas meninas estavam bem-arrumadas, bem-alimentadas, felizes e bem-amadas. Consciente do enorme sofrimento causado pela quimioterapia a que a mulher vinha se submetendo, ele ficou muito impressionado com a profundidade de seu comprometimento como mãe e pela primeira vez relacionou esse fato à força de sua vontade de viver. Após conversarem sobre os sintomas, ele comentou:

– Você é uma mãe maravilhosa. Mesmo depois de tudo o que tem passado, existe algo muito forte em você. Acho que essa força vai curá-la.

Ela sorriu e Josh, atônito, percebeu que era a primeira vez que a via sorrir.

– Obrigada – respondeu a mulher, afetuosamente. – Isso significa muito para mim.

Josh ficou surpreso e emocionado. Sentindo-se encorajado, começou a fazer para outras pessoas perguntas que não tinha aprendido na escola de medicina: "O que lhe dá forças na luta contra essa doença?" Descobriu que pessoas com câncer sempre tinham algo muito diferente a dizer, e percebeu seu interesse em ouvi-las. De alguma maneira, o que elas diziam valia para ele também em sua luta para lidar com as dificuldades da vida.

– Eu conhecia muito bem o câncer, mas não conhecia as pessoas – admitiu.

Josh sempre fora um excelente cirurgião, alcançando notáveis resultados, mas somente nos últimos meses é que as pessoas começaram a agradecer pela cirurgia e algumas até lhe deram presentes.

Ele ficou em silêncio por alguns instantes. Depois, enfiou a mão no bolso e tirou um lindo estetoscópio com seu nome gravado.

– Um paciente me deu isso – disse, nitidamente comovido.

Sorri para Josh e perguntei:

– E o que é que você faz com isso, Josh?

Ele me olhou confuso por um instante e depois deu uma boa risada.

– Ouço os corações, Rachel. Ouço os corações.

Nossa vida é sempre cheia de significado. Muitas vezes, encontrar o sentido das coisas não quer dizer fazer algo diferente, mas enxergar o que nos é familiar de modo diverso. Quando vemos com novos olhos, nos surpreendemos com a bênção que descobrimos em um trabalho que estamos realizando há muito tempo. A vida pode ser vista de várias maneiras: com os olhos, com a mente, com a intuição. Porém, a vida só é verdadeiramente conhecida por aqueles que falam a língua do significado, que se lembram de enxergar com o coração.

Sabedoria

Quando eu tinha 6 anos, nossa escola tornou-se ecumênica. Havia uma árvore de Natal decorativa em cada sala de aula, mas além disso todas as turmas participavam da cerimônia de acender as velas de Chanuca, o que, conforme nos ensinou a professora, era o que os judeus faziam em vez de comemorar o Natal.

No primeiro dia de celebrações, ela nos mostrou uma menorá de Chanuca, um candelabro especial com lugar para oito velas, e explicou que todos os dias, ao pôr do sol, cada uma delas seria acesa, até completar os oito braços. Então, ela nos contou uma história da Bíblia, a dos macabeus, impetuosos guerreiros judeus que lutaram numa grande batalha para defender seu povo até que todas as provisões terminaram, inclusive o óleo que mantinha acesa a lâmpada eterna sobre o altar na sinagoga. Essa lâmpada era acesa quando a sinagoga era consagrada como a casa de Deus e nunca poderia ser apagada. Sua presença iluminada significava que o espírito de Deus morava entre o povo judeu.

Todos acreditavam que o fim estava próximo. Assim que a lâmpada se apagasse, Deus os abandonaria e eles estariam perdidos. Mas ela continuou a queimar durante oito dias, sem óleo para alimentar a chama, e os macabeus triunfaram sobre os inimigos.

– Chanuca nos fala do Milagre da Luz – disse a professora. Embora eu gostasse muito de acender velas, achei aquela história maçante. A parte sobre a guerra foi a de que menos gostei. Apesar dos ensinamentos da professora, meu avô, que era um rabino, tinha me dito que o espírito de Deus está com todas as pessoas, e eu não acreditava nessa história de Deus ter favoritos.

Todas as tardes depois da escola, eu passava uma hora ou mais na casa de meu avô, bebendo chá e comendo biscoitos, até que mamãe saísse do trabalho e fosse me buscar. Naquela tarde, contei ao meu avô o que a professora tinha dito sobre Chanuca e perguntei se ele também conhecia a história dos macabeus. Vovô sorriu e disse que sim.

– A guerra é um período de escuridão, Neshumele. A história de Chanuca é uma das muitas sobre escuridão e luz que as pessoas contam umas para as outras nesta época do ano.

Olhei para fora da janela da cozinha. A neve começara a cair.

– Mas por quê, vovô?

– O inverno também é um período de escuridão, Neshumele. As noites começam mais cedo e duram mais tempo. Assim, no escuro, as pessoas contam histórias sobre a luz para fortalecer as esperanças. A história dos macabeus é muito antiga, mas não é a mais antiga que existe sobre escuridão e luz. Venha cá – disse ele, levando-me até seu escritório. Lá, abriu a tampa da escrivaninha e tirou dali uma menorá.

A menorá da minha professora era feita de barro, mas a do vovô era muito maior e feita de prata. Ele a trouxera da Rússia. Pertencera ao seu pai, meu bisavô. Ele pegou uma caixa de fósforos e uma de velas e colocou-as sobre a mesa do escritório. As velas usadas por minha professora eram pequeninas e coloridas, mas as do vovô eram grandes e brancas.

– Elas vão queimar a noite toda até o sol nascer – explicou. Entregando-me uma das velas, vovô colocou outra na menorá. – Hoje é a primeira noite de Chanuca, por isso vamos acender uma vela.

Pegou a Bíblia e abriu na primeira página.

– A história mais antiga sobre escuridão e luz é a do começo do mundo – explicou vovô.

Ele começou a ler:

– "No princípio, a escuridão pairava sobre as águas e o Espírito de Deus movia-se na escuridão como um forte vento sobre a face das águas. E Deus disse: 'Faça-se a Luz!'"

Olhei para vovô, seu rosto brilhando, iluminado pelo poder daquelas palavras. Fiquei fascinada.

– Foi assim que o mundo começou, Neshumele. A vida e todas as bênçãos de Deus tiveram início com a dádiva da luz. Agora, vou apagar as luzes e vai haver escuridão, como era no Princípio. Vamos ver o que significa receber essa dádiva.

Naquela época eu tinha medo de escuro e a ideia de apagar as luzes não era muito confortável para mim.

– Você vai ficar aqui ao meu lado, no escuro, vovô? – perguntei, um pouco trêmula.

– É claro que vou, Neshumele. Estarei aqui e Deus também. Diga-me quando estiver pronta para começar.

Quando lhe dei um sinal, vovô apagou as duas lâmpadas.

O velho escritório era uma sala antiga, sem janelas, coberto de livros do chão até o teto. Ficou muito escuro. Após cerca de 1 minuto, vovô riscou um fósforo e acendeu a vela que eu estava segurando. Ela não produziu muita luz e mal pude distinguir o candelabro em cima da mesa. O resto do escritório estava coberto de sombras. Segurei minha vela com força. Na menorá havia somente mais uma. Vovô me disse para acendê-la com a minha e, logo depois, tomou-a de minhas mãos e colocou-a na menorá. Olhei para as duas velas ardendo juntas e me senti um pouco melhor.

– Amanhã – disse vovô –, vamos acender mais uma.

No fim da tarde seguinte, ao pôr do sol, voltamos a nos sentar juntos na escuridão. Dessa vez, meu avô tinha colocado duas velas no candelabro. Quando ele acendeu a minha vela, usei a chama para acender as outras duas com cuidado, uma de cada vez. Sentamos e ficamos um longo tempo observando as três velas queimarem.

Repetimos tudo isso todos os dias durante uma semana. Ao pôr do sol, eu acendia três, depois quatro, até que, no último dia, usei minha vela para acender as outras sete, e o escritório encheu-se de luz. Acomodei-me na cadeira e fiquei admirando a menorá com todas as velas acesas. Era tão bonito que meu coração doía, e meus olhos se encheram de lágrimas.

– É lindo, vovô – suspirei.

– É, sim – concordou ele –, mas a menorá de Deus é ainda mais bonita, Neshumele. A menorá de Deus é feita de gente e não de velas.

Perplexa, olhei para vovô.

A história de Chanuca diz que a luz de Deus arde na escuridão, mesmo sem óleo, e é verdade – explicou meu avô.

– Esse é um dos milagres da luz. Mas não é só isso. Existe um lugar em cada um de nós que pode guardar a luz. Deus nos fez assim. Quando Ele diz "Faça-se a luz!", está falando conosco pessoalmente, Neshumele. Está nos revelando o que é possível, como podemos escolher viver. Mas uma única vela não consegue iluminar a escuridão. Deus não nos deu apenas a chance de guardar a luz. Ele nos deu a capacidade de acender e fortalecer a luz uns nos outros, passando-a adiante.

Essa é a forma pela qual a luz de Deus vai brilhar para sempre neste mundo.

Após vários anos, descobri que, muitas vezes, só encontramos em nós o lugar que guarda a luz quando já ficou escuro. Algumas vezes, é somente na escuridão que conhecemos o valor desse lugar. Mas em todas as pessoas existe um lugar capaz de guardar a luz. Isso é verdade. Meu avô disse que é.

III

Encontrando forças, buscando abrigo

Há muitos anos tive um sonho estranho. Foi uma única imagem, mas acordei bastante perturbada. Não tinha ideia do que poderia significar, mas sentia que ali havia algum tipo de mensagem a ser decodificada.

O sonho me despertou um forte sentimento de tristeza e a sensação de estar sendo encurralada. A imagem foi muito clara. Vi um bulbo de narciso plantado na terra. Acima dele, uma pedra enorme e muito pesada que o impedia de florescer.

Passei várias semanas sem conseguir tirar da cabeça aquela imagem simples mas poderosa e acabei descrevendo-a para uma amiga que tinha grande interesse em sonhos e seus significados. Ela ficou pensativa:

– Talvez haja uma conversa entre a pedra e o narciso – interpretou ela. – Por que não ouvi-la?

Surpresa, percebi que sabia qual era a conversa. A pedra estava dizendo para o narciso: "Este mundo é perigoso. Não floresça! Eu te protegerei."

– Essa pedra fala como meu pai – comentei com minha amiga, achando graça.

Minha amiga também achou engraçado.

– E como o meu também.

Ainda rindo, ela me perguntou se eu conseguia ouvir o

outro lado da conversa. O que o bulbo do narciso estava dizendo para a pedra?

– "Preciso florescer" – respondi. – "Essa é a razão pela qual estou vivo."

Ficamos algum tempo refletindo sobre isso. Até que, franzindo as sobrancelhas, ela disse:

– Ter essa pedra entre você e o perigo deveria fazer com que se sentisse bem, não é? Entretanto, não é o que acontece.

De repente, meus olhos se encheram de lágrimas. Eu não soube por quê. Deixamos o assunto morrer ali mesmo. De vez em quando eu pensava naquele sonho tão estranho. Mas um dia ele voltou, e fiquei tão perturbada quanto da primeira vez.

Alguns anos mais tarde, eu estava me torturando por causa de uma importante mudança no campo profissional. A tensão provocada pela necessidade de decidir tornou-se tão intensa que acordei de manhã com uma terrível dor nas costas, do lado direito da espinha dorsal. Irritada, pensei que era consequência da posição na cama e tomei duas aspirinas, mas a dor não passou. Três ou quatro dias depois fui consultar meu médico. Ele disse não haver nenhuma ligação entre a dor e qualquer problema anatômico que ele conhecesse e concluiu que se tratava de estresse.

– Ah, sim – respondi. Intimamente, porém, não me convenci.

A dor continuou por várias semanas. Por fim, alguém sugeriu que eu procurasse um especialista em acupuntura e resolvi experimentar. O Dr. Rossman tomou meu pulso por um longo tempo e me examinou com atenção. Então, foi descendo o dedo levemente pelas minhas costas. Quando tocou determinado lugar, a dor foi tão intensa que gritei.

– Ah, este é um ponto de acupuntura – disse ele. – A energia vital, o *chi*, está presa aqui.

Com minha permissão, ele tentaria desbloqueá-la colocando uma agulha naquele local. Eu nunca me submetera a um tratamento assim, mas, mesmo meio incrédula, resolvi tentar. Assim que senti a agulha, aquela velha e quase esquecida imagem do bulbo de narciso sob a pedra reapareceu com extraordinária nitidez. De repente, compreendi como a pedra se sentia: tinha medo de deixar que o narciso florescesse, pois conhecia o seu valor e estava determinada a não permitir que ele se ferisse. Se ele crescesse, poderia se machucar. Compreendi também, pela primeira vez, que se não florescesse o narciso morreria.

A sobrevivência era uma das mais importantes prioridades de minha família. A Depressão e a guerra fizeram com que meu pai e muitos familiares temessem pela vida. Eles se tornaram peritos em sobrevivência, fazendo dela uma questão de tenacidade, de colocar a segurança acima de tudo. Por outro lado, viver era uma questão de paixão e de risco, de encontrar um objetivo importante e dedicar-se a ele, fazendo o que fosse necessário para manter-se vivo e a salvo.

Tendo crescido nesse ambiente, por muito tempo não fui capaz de perceber o que havia de errado nessa forma de pensar. Talvez o objetivo da vida não fosse a sobrevivência. Enquanto eu refletia sobre como seria possível proteger algo sem interromper o crescimento da vida dentro dele, vi a pedra mudar de forma. Surpresa, eu a vi tornar-se mais alta, mais fina e mais transparente, até se transformar numa estufa. Dentro dela, o bulbo de narciso brotou e floresceu. O amarelo da flor era extraordinário – como se, em vez de pétalas, fosse feita de luz. Deitada sobre a cama do Dr. Rossman, chorei copiosamente.

Num piscar de olhos tudo virou pelo avesso. O motivo pelo qual a pedra não permitia que o bulbo florescesse era o mesmo pelo qual era tão importante florescer. Os narcisos eram necessários em um mundo perigoso, um mundo de sofrimento, solidão e perdas.

Minha família cultivava o medo. Depois de ter sido mordida por um cão quando era criança, o que me obrigou a enfrentar uma dolorosa série de vacinas antirrábicas, passei a sentir medo de qualquer cachorro. Meu pai encorajava esse sentimento, acreditando que, dessa maneira, garantiria a minha segurança. Jamais me ocorrera a ideia de que o medo é o tipo errado de proteção.

Após o primeiro tratamento, minha dor passou e nunca mais voltou. Durante uma segunda visita ao Dr. Rossman, discutimos o assunto e ele me disse que cada ponto de acupuntura tem um nome. Aquele onde minha energia vital estivera bloqueada é chamado "Protetor do Coração".

Pouco tempo depois deixei meu seguro e respeitável posto em Stanford e fui me juntar a outras pessoas que também sonhavam com uma nova forma de praticar a medicina. Tive sorte em encontrar uma velha casa vitoriana para alugar. Ela sobrevivera ao grande terremoto e pertencia à mesma família havia várias gerações. Eu a adorava. Alguns meses depois de completamente instalada, comecei a trabalhar no lindo jardim. As plantas, a grama, tudo parecia não ser aparado havia muito tempo. Quando terminei de cortar a hera que cobria os pilares do portão da frente, encontrei, gravado num deles, o nome que a casa tinha recebido em 1890: LA CASA VERDE.

Consultei meu dicionário médico espanhol-inglês para saber o significado da palavra "verde". Em inglês, as duas palavras juntas, *green* (verde) e *house* (casa), formam *greenhouse*, que quer dizer "estufa".

Encontrar a proteção certa pode ser a primeira responsabilidade de uma pessoa que deseja fazer alguma coisa importante neste mundo. O excesso de inquietações nos deixa vulneráveis. É impossível seguir em frente sem se expor, sem envolvimento, sem riscos, sem críticas. Aqueles que querem promover mudanças terão que enfrentar decepções, perdas, até mesmo zombaria. Se você está à frente de seu tempo, sabe que as pessoas riem tanto quanto aplaudem. Além disso, ser o primeiro a chegar é sempre uma situação solitária. Porém, nossa proteção não pode nos afastar de nossos propósitos. A proteção certa é um objetivo que deve estar dentro de nós e não nos separando do mundo. E algo muito mais relacionado à busca por um abrigo do que à busca por um esconderijo.

Lugar de encontro

De todas as maneiras pelas quais as pessoas lidam com o sofrimento – negação, racionalização, espiritualização, substituição –, poucas são lugares de abrigo. Muitas delas nos desconectam da vida que desejamos abençoar e servir, impedindo-nos de cumprir nossos desígnios. O mais triste disso tudo é que não conseguimos nos esconder do sofrimento. Ele faz parte do fato de estarmos vivos. Se nos escondermos, teremos que sofrer sozinhos.

Diante do sofrimento, todos precisam encontrar abrigo. A dificuldade que temos em saber onde buscar nossa força ficou clara para mim quando estava dando uma aula sobre doenças geneticamente transmissíveis a um grupo de calouros de medicina. Uma mulher tinha generosamente concordado em ser entrevistada pela turma. Era uma jovem mãe que, pouco tempo atrás, recebera a notícia de que tinha um gene que impediria o crescimento do cérebro de seus dois filhos ainda pequenos. Sua tristeza ultrapassava as palavras, com uma dimensão capaz de ser compreendida de imediato por qualquer mãe, em qualquer tempo. Eu me perguntava como ela conseguiria seguir em frente. Sentada ali, ouvindo-a contar sua história, comecei a fazer uma prece silenciosa por aquela mulher.

Os alunos eram jovens e eu não tinha ideia de como reagiriam. Assim que ela saiu da sala houve um momento de silêncio. Havia um sentimento verdadeiro, íntimo e profundamente humano entre nós, mas que desapareceu assim que os alunos começaram a discutir a doença causadora de toda aquela tragédia. Na meia hora que se seguiu, eles analisaram, rotularam, compartilharam dados de pesquisas e uma infinidade de informações sobre deficiência intelectual. Aos poucos, fui percebendo que o sofrimento que havíamos testemunhado excedia em muito a experiência de vida das pessoas naquela sala. Ninguém ali tinha acumulado sabedoria suficiente para responder a ele ou a força necessária para enfrentá-lo. Vendo-se diante de algo tão amplo e impenetrável pela perícia médica, os alunos procuraram na ciência um abrigo para o sofrimento. Mas a vida não funciona dessa maneira. A ciência não é um lugar de abrigo. Ela não pode nos proteger do sofrimento, e quem se esconde dele só consegue ficar mais temeroso.

O sofrimento está em toda parte. Podemos ter amigos ou parentes que precisaram amputar um seio devido a um câncer, que sofrem de aids ou da doença de Alzheimer e, ainda que sejamos muito jovens, talvez tenhamos amigos ou familiares que morreram.

Se quisermos evitar o sofrimento, teremos que pagar o alto preço de nos distanciarmos da vida. Para viver de modo pleno, é preciso olhar com respeito para o nosso sofrimento e o dos outros. Nas profundezas de cada ferida à qual sobrevivemos está a força necessária para viver. A sabedoria oferecida por nossas feridas é um lugar de abrigo. Encontrá-lo não é tarefa para os fracos de coração. Mas a vida também não é.

O caminho

Algumas vezes, aquilo que ameaça a nossa vida também pode fortalecê-la. Perdas e crises costumam ativar o desejo de viver. Quando isso acontece, podemos nos tornar maiores do que os obstáculos e nos libertar de problemas que nunca nos abandonam. Um de meus pacientes descobriu esse caminho para a liberdade por meio de um sonho.

David foi diagnosticado com diabetes duas semanas depois de completar 17 anos. Ele ficou tão furioso quanto um animal que cai em uma armadilha. Como um leão numa jaula, ele se lançou contra as limitações da doença, recusando-se a seguir a dieta, esquecendo-se de tomar insulina, usando o diabetes para ferir a si mesmo, ininterruptamente. Temendo por sua vida, seus pais insistiram para que ele fizesse alguma terapia. Apesar de relutante, ele acabou obedecendo.

Após quase seis meses, o progresso ainda era pequeno. Foi então que ele teve um sonho tão intenso que parecia real. Algo profundo e desconhecido em seu interior lhe tinha revelado a sabedoria que se escondia na situação que estava enfrentando.

No sonho, ele estava numa sala vazia, sem teto, de frente para uma pequena estátua de Buda, toda feita de pedra. David não era um rapaz ligado a assuntos espirituais e, embora já tivesse visto muitas gravuras de Buda, aquela estátua era diferente. Ficou surpreso ao perceber alguma semelhança entre ele mesmo e a figura representada, talvez porque aquele Buda fosse um homem jovem, quase da sua idade.

David tentou descrevê-lo:

– Seu rosto estava muito sereno, Rachel.

Mas havia algo que ele não conseguia colocar em palavras. Ficou em silêncio e depois me disse que aquele Buda parecia estar ouvindo o interior dele. A estátua causou um estranho efeito em David. Sozinho com ela na sala, ele se sentiu cada vez mais em paz consigo mesmo durante o sonho.

Porém, uma faca surgiu inesperadamente, lançada de algum lugar às suas costas, acertando em cheio o coração do Buda. Foi um imenso choque para David. Sentiu-se traído, tomado por desespero e angústia. Do fundo dessas emoções emergiu uma pergunta: "Por que a vida é assim?"

Então, a estátua começou a crescer lentamente. De repente, ele compreendeu que aquela era uma resposta de Buda à facada.

A estátua continuou a crescer, o rosto tão sereno quanto antes. A faca foi aos poucos se tornando um minúsculo ponto escuro no peito do enorme e sorridente Buda. Diante disso, David sentiu que estava sendo libertado e percebeu que, pela primeira vez em muito tempo, conseguia respirar profundamente. Acordou com lágrimas nos olhos.

Com frequência, ao relatar um sonho, a pessoa alcança um maior entendimento de seu significado. Quando David falou sobre o sonho, reconheceu os sentimentos que experimentou quando viu a faca. O desespero e a angústia, até a pergunta "por que a vida é assim?", foram os mesmos que sentira no consultório médico quando soube que tinha diabetes ou, como ele mesmo disse, "quando essa doença mergulhou no coração de minha existência". Mas sua resposta não fora a mesma de Buda.

David viu esse sonho como o abrir de uma porta. Quando os médicos lhe disseram que sua doença era incurável, ele respondeu com raiva e desespero. Sentiu que a vida tinha parado e que não poderia mais seguir em frente. Mas a vida lhe mostrou algo diferente da maneira mais intensa possível. O sonho lhe trouxe o desejo de plenitude e transmitiu a mensagem de que, com o passar do tempo, ele poderia crescer de tal maneira que a ferida da doença acabaria se tornando uma parte cada vez menor da soma total de sua existência. Ele poderia ter uma vida boa, mesmo que não fosse fácil. As palavras dos médicos nunca o tinham feito perceber essa possibilidade.

É muito comum observar pessoas que sofrem de doenças crônicas se sentirem encurraladas ou inutilizadas, não pela força da doença, mas pelo poder das crenças em relação a ela. As doenças são muitas vezes brutais, solitárias, limitantes e assustadoras. Porém, a vida dentro de nós pode ser maior do que tudo isso e nos libertar até mesmo das dores que precisaremos suportar. Às vezes uma pessoa tem um sonho que é uma dádiva para todos nós. Acho que esse foi um deles.

Tornando-se claro

Após mais de seis meses ouvindo Patrícia falar de seus medos, um dia eu lhe disse que ela estava, nas quatro semanas seguintes, proibida de sentir medo. Ela me olhou sem compreender minhas palavras. Com muito tato, expliquei que sua primeira reação a tudo era o medo e que não é possível que as pessoas tenham a mesma reação diante de qualquer coisa, indistintamente. Em suma, eu não acreditava que todo aquele medo fosse genuíno.

Patrícia ficou zangada. Falou que eu não tinha compaixão nem a compreendia.

– Pelo contrário – rebati. – Acredito que, depois de todos esses meses, eu a compreendo muito bem. Esse medo, que tem tão pouco a ver com quem você é, está atrapalhando a sua vida.

Mais calma, Patrícia perguntou o que eu esperava que ela fizesse. Lembrou-me que sentia medo muitas vezes, todos os dias.

– Eu sei – afirmei –, mas estou propondo uma experiência.

Sugeri que todas as vezes que sentisse medo ela o encarasse apenas como uma primeira reação ao que estava acontecendo, a resposta que lhe era mais familiar. Encorajei-a a procurar uma segunda reação e segui-la.

– Pergunte a si mesma: "Se eu não estivesse com medo, se

não tivesse permissão para sentir medo, como reagiria ao que está acontecendo?"

Apesar de relutante, ela concordou em tentar.

No início, Patrícia sentiu-se desencorajada ao perceber quantas vezes sentia medo todos os dias. Mas surpreendeu-se ao descobrir que conseguia superar o susto inicial com certa facilidade e que, então, tinha várias reações às experiências da vida. Ela nunca tinha pensado em desafiar seus medos daquela maneira.

Algumas semanas mais tarde, Patrícia começou a se perguntar se era ela mesma quem estava com medo. Pela primeira vez questionou se o sentimento que sempre a acompanhara não era apenas uma força do hábito, um reflexo aprendido havia muitos anos. Nos meses seguintes, sempre que sentia medo parava e perguntava a si mesma se aquele sentimento era real. Para sua surpresa, descobriu que não.

Com o passar do tempo, ela percebeu que não tinha medo de submeter seu trabalho à aprovação de outras pessoas, não tinha medo de tentar quando não havia certeza de conseguir, não tinha medo de defender seus valores, de admitir seus erros, de pedir e oferecer ajuda, nem de enfrentar uma pessoa irritada. Sua mãe sempre tivera medo de tudo isso.

Ficar a salvo era o mais importante para a sua mãe. Aos poucos, Patrícia percebeu que não era isso que queria para si mesma. Sua mãe vivera de maneira limitada e infeliz. Por pouco Patrícia não conseguia escapar.

– Rachel – ponderou ela –, se você carrega o medo de uma outra pessoa e vive baseada em valores que não são seus, acaba descobrindo que está vivendo uma vida que não é a sua.

Quando eu era criança vivia cercada pelos medos de meu pai. Há muitos anos, quando eu estava tentando me libertar da maneira como vivia para poder me assumir como sou, minha companheira nesse processo, uma terapeuta, me deu de presente uma delicada pulseira de prata antiga, em que mandou gravar uma única palavra: CLARO.

Ela sabia que uma pulseira de prata era uma lembrança a que eu daria importância. Por mais de um ano, nunca a tirei do braço. Alguns meses após receber esse presente, perguntei à terapeuta por que tinha gravado a palavra CLARO e não o meu nome.

– Procure no dicionário – disse ela –, mas tem que ser um bem completo.

No *Random House Dictionary of the English Language* encontrei mais de sessenta significados para a palavra, muitos dos quais relacionados à liberdade: livre de obstrução, livre de culpa, livre de censura, livre de confusões, livre de embaraços, livre de limitações, livre de débitos, livre de impurezas, livre de suspeita, livre de ilusões, livre de dúvidas, livre de incertezas, livre de ambiguidades e assim por diante. E, claro, o significado mais elementar: "Que permite a passagem da luz."

Às vezes, ficar claro demora uma vida inteira. Não faz mal. Pode ser a forma mais valiosa de passar o tempo.

Recebendo o alimento

– Fui convidada para um almoço em São Francisco em homenagem ao Dalai Lama – disse-me uma colega, numa manhã. – Por que você não vai comigo?

Fiquei em dúvida, mas era uma chance de estar na presença de alguém que muitos acreditam ser iluminado, e iluminação era algo que me intrigava. Eu já tinha estado com algumas pessoas consideradas "iluminadas" e não percebera qualquer diferença entre elas e as outras, o que me deixou um tanto perturbada. Agora surgira uma nova oportunidade, e eu decidi ir.

O almoço aconteceu num dos hotéis mais requintados da cidade. Fomos levadas até um imenso salão onde estavam centenas das mais importantes, ricas e politicamente poderosas figuras de São Francisco. Homens cujos ternos custavam milhares de dólares e mulheres em deslumbrantes vestidos de grifes famosas conversavam e bebiam esperando pela chegada de Sua Santidade.

Não foi um evento tranquilo. O barulho era intenso, e eu tinha a impressão de que as pessoas conversavam olhando-se ao redor para ver se encontravam alguém mais importante com quem passar o tempo. Eu me senti pouco à vontade e inibida. Minha colega também não estava se sentindo bem e já começávamos a nos dirigir lentamente para a porta quando

Sua Santidade chegou, cumprimentando os presentes. Formou-se uma fila e, por obra do acaso, ficamos bem na frente.

Minha colega tinha trazido três fotografias de uma nova e inspirada prática que desenvolvera para trabalhar com pacientes que sofrem de câncer. E esperava mostrá-las a Sua Santidade e fazer-lhe uma simples pergunta. As fotografias eram bem grandes e estavam emolduradas, com muito peso. Ela as carregava numa sacola de compras com alças de corda e, enquanto a fila andava, tentava tirá-las dali. Não seria algo fácil, pois a multidão a comprimia. Ainda estava em plena luta quando se viu diante de Sua Santidade. Com alguma dificuldade, conseguiu arrancá-las da sacola, que caiu no chão.

Ela conversou com Sua Santidade sobre o trabalho e eles olharam juntos as fotografias. De pé, logo atrás dela, pude ter uma visão completa do que acontecia. A conversa era calma, sem pressa, como se estivessem sozinhos no salão. Quando estavam terminando, Sua Santidade sorriu. Então, abaixou-se e pegou a sacola caída aos pés de minha colega. Da maneira mais natural possível, ele a abriu e a segurou para que ela recolocasse as fotografias dentro.

Não é fácil explicar por que esse pequeno gesto foi tão poderoso. Mais tarde, refletindo sobre o assunto, percebi que poucos homens naquela sala teriam sido capazes de tal atitude. Mas não acho que foi por isso que me lembrei dele.

Não era bem o que Sua Santidade tinha feito, mas a forma como o fizera. Naquela minúscula interação, senti uma alegria pura emanar dele e ir ao encontro da dificuldade de minha colega. Naquele momento, colocar três enormes fotografias dentro de uma sacola não era um problema dele nem dela. Não era sequer um problema. Era uma oportunidade de encontro. Entre todas as pessoas neste mundo que poderiam ter levantado e segurado a sacola, ninguém o teria feito daquela maneira. Por algum motivo inexplicável, um lugar sozinho e abandonado dentro de mim sentiu-se reconfortado de uma maneira profunda e eu tive um pensamento loucamente irracional: "Esse homem é meu amigo." Naquele instante, parecia uma verdade absoluta. E é até hoje.

Um lugar de abrigo

O silêncio talvez seja a coisa mais importante que podemos trazer para outra pessoa. Não o silêncio carregado de críticas veladas ou de um retraimento insensível, mas o tipo de silêncio que é um lugar de abrigo, de descanso, de aceitação do outro como ele é. Todos somos famintos desse silêncio. É difícil encontrá-lo. Diante dele, nós somos capazes de descobrir uma força com a qual podemos construir uma vida. O silêncio é um lugar de grande poder e de cura. O silêncio é o colo de Deus.

Muitas coisas acontecem em silêncio dentro de nós, como o simples envelhecer. Então, podemos nos transformar mais em abrigo do que em salvadores, podemos ser testemunhas do processo que é viver e da sabedoria da aceitação.

Louisa, uma excelente médica que trata de pacientes com aids, me contou que guarda uma fotografia da avó em casa e que se senta diante dela durante alguns minutos, todos os dias, antes de sair para o trabalho. Sua avó era uma italiana que mantinha a família unida. Tinha a sabedoria da vida. Certa vez, quando Louisa era pequena, seu gatinho morreu num acidente. Foi sua primeira experiência com a morte e ela ficou desolada. Os pais tentaram consolá-la dizendo que o gato estava no céu com Deus. Apesar disso, ela não se sentiu melhor e rezou, pedindo que Deus lhe devolvesse o animal. Mas Ele não respondeu.

Tomada de tristeza, Louisa foi buscar consolo com a avó. Ao contrário dos outros adultos, ela não afirmou que o gato estava no céu. Em vez disso, apenas abraçou a neta e a lembrou do dia em que o avô morrera. Ela também tinha rezado, mas Deus não o trouxera de volta. Ela não sabia por quê. No calor macio do colo da avó, Louisa começou a soluçar. Quando enfim conseguiu olhar para cima, viu que a avó também estava chorando.

A imensa solidão se dissipou e Louisa sentiu-se capaz de seguir em frente. As garantias de que o gatinho estaria no céu não conseguiram transmitir-lhe a mesma força, a mesma paz.

– Minha avó era um colo, Rachel, um abrigo. Sei muito sobre a aids, mas o que quero de fato é ser um colo para meus pacientes, um lugar onde eles possam enfrentar o que for preciso e onde não estejam sós.

Abrigar-se não quer dizer esconder-se da vida. Significa encontrar um lugar de força, a capacidade de viver a vida que nos foi dada com uma coragem maior e, algumas vezes, até com gratidão.

Encontrando o centro

O significado é um tipo de força. Ele tem o poder de transformar o trabalho mais difícil em alegria e até gratidão. O significado é a linguagem da alma. Um trabalho que envolva um serviço ao próximo não perdura se não estiver sustentado por uma consciência viva de seu significado e seu objetivo.

Há cerca de dez anos a diretora de um hospital destinado a doentes terminais convidou-me para coordenar um seminário sobre redução de estresse e renovação que seria dado em um dia para os funcionários. O seminário se destinava a todos os funcionários do hospital.

O hospital tinha mais de 45 funcionários, e naquela época muitos deles mal se conheciam. Uma linha silenciosa mas tangível os dividia em dois grupos: os que lidavam diretamente com os pacientes e os que desempenhavam funções de apoio. Essa situação já durava bastante tempo, o que preocupava a diretora. Quando ela me descreveu como o hospital funcionava, não pude deixar de pensar no sistema de castas da Índia.

– Além da redução do estresse, gostaria que todos os que trabalham aqui se sentissem como partes importantes de uma única organização – explicou ela. – Talvez você possa fazer isso na sessão da manhã.

Fui tomada de grande ansiedade, com dificuldade de pensar o que poderia ser feito para atender o seu pedido, sobretudo em uma única manhã. Mas eu tenho as minhas armas. Pedi a ajuda de uma amiga que tem uma aguçada compreensão da mente inconsciente. A partir de suas sugestões, elaborei um exercício em grupo para a sessão da manhã. Seguindo sua orientação, enviei uma carta a todos os que estariam no encontro dando-lhes boas-vindas e pedindo que trouxessem um pequeno objeto que simbolizasse seu trabalho no hospital. A carta não dizia o que seria feito com tais objetos e todos ficaram muito curiosos.

Na manhã do seminário eu estava com várias dúvidas. Nunca havia feito algo assim com um grupo tão grande. Senti que seria bem possível que o resultado não fosse exatamente o que a diretora esperava. Mas existe um rio que corre nas profundezas de nossa experiência diária. Algumas vezes, recorrer a ele da maneira mais simples gera resultados intensos e comoventes.

O exercício proposto por Marion era bem despretensioso. Comecei pedindo a todos que se sentassem no tapete, formando um grande círculo. Eram quase cinquenta pessoas na sala. Acho que elas nunca tinham estado juntas no mesmo lugar e pareciam pouco à vontade. Quando todos se acomodaram, convidei um voluntário a dizer seu nome em voz alta e mostrar o objeto escolhido, explicando por que ele representava seu trabalho no hospital.

No início houve silêncio. Então um rapaz ficou em pé. Disse que se chamava John e nos mostrou o que tinha trazido. Era uma pequena ponte de cerâmica que ele retirara do aquário de casa naquela manhã. Segurando-a, ele afirmou sentir que seu trabalho era uma ponte entre os medos e as necessidades das pessoas que estavam morrendo, assim como de suas famílias, e o poder de cura do hospital. Esse trabalho era importante para ele, pois sua mãe morrera sozinha e com medo quando ele ainda era adolescente.

– O que você faz no hospital? – perguntei.

– Sou telefonista.

A sala estava em absoluto silêncio. Pedi que ele colocasse a ponte sobre o tapete, no meio do círculo. Cinquenta pares de olhos o fitavam com atenção. O gelo que havia no ar derreteu um pouco.

A próxima pessoa a falar foi uma mulher de meia-idade que trouxera um peso de papel de cristal em forma de coração. Ela nos disse que seu trabalho consistia em ouvir o que era e o que não era falado. Disse que fora treinada a ouvir com a mente, porém, através do trabalho, aprendera a ouvir com o coração. Isso teve grande importância em sua vida, pois durante muito tempo ela não sabia que tinha um coração. Era assistente social. Depois, colocou o objeto ao lado da ponte de John. E assim, uma após outra, as pessoas falaram de seus objetos e da relação com seu trabalho. Trouxeram as mais variadas peças. Havia um minúsculo farol para guiar navegantes, retratos de familiares, uma estatueta de Kuan Yin (a deusa da compaixão), uma lâmpada para ser mantida acesa durante a noite, uma cruz feita com dois pregos, um velho urso de pelúcia da infância de um dos participantes e até um par de sapatos para recém-nascido. Cada objeto refletia uma das muitas facetas do intenso serviço prestado no hospital. Pessoas que mal se cumprimentavam antes ouviam umas às outras com totais atenção e respeito. Aos poucos, algo indescritível que sempre estivera entre eles começou a ficar visível no centro daquela sala.

Antes do início da sessão, a diretora me chamara para dizer

que se esquecera de trazer um objeto. Ela achava que isso não teria importância.

– Mas eu acho que tem, sim – respondi, sugerindo que ela procurasse em seu carro, ou mesmo no lindo cenário natural que circundava a sala de reuniões, um símbolo para o próprio trabalho. Ela me olhou com um ar hesitante e saiu para fazer o que lhe pedi.

Quando várias pessoas já tinham falado, ela ficou em pé. Contou ao grupo que esquecera em casa o objeto que pretendia trazer e que saíra para encontrar outro. E o que tinha encontrado era muito melhor. Era perfeito. De um bolso ela tirou uma pedra quase do tamanho de sua mão. Era das mais comuns e ainda estava suja de terra. Todos pareciam intrigados.

– É isso que trago para este hospital – falou, com calma. – Ela não é macia nem se altera com facilidade. É firme. Podemos não só contar com ela, mas também construir sobre ela.

Dando um passo à frente, ela colocou a pedra, com todo o cuidado, em meio a velas, corações e imagens de Buda. O grupo contemplou-a em absoluto silêncio. Junto aos outros símbolos do trabalho no hospital, aquele era verdadeiramente único. A força e a determinação daquela mulher visionária, que às vezes amedrontava as pessoas, se revelavam como um alicerce sólido e seguro. No silêncio da sala, percebi uma mudança acontecer. Era uma sensação que eu costumava ter nas sessões de terapia momentos antes de alguém conseguir enxergar, de uma maneira nova e mais profunda, aquilo que lhe era familiar.

No final do exercício ficamos em pé e, lentamente, caminhamos ao redor dos cinquenta objetos pousados no meio da sala, para que cada um dos presentes pudesse vê-los de todos os ângulos. Na refinada linguagem do simbolismo, algo muito importante para todos tinha ficado completamente visível. Os objetos foram trazidos por médicos, enfermeiras, telefonistas, faxineiros, assistentes sociais e secretários, entre outros. Porém, olhando para eles, era impossível saber se tinham sido colocados ali por um enfermeiro, um telefonista ou um médico. Em duas horas, as pessoas ultrapassaram a linha divisória de sua formação e experimentaram a íntima unidade do seu propósito. Muitos estavam chorando.

Em qualquer trabalho que envolva um serviço ao próximo existe uma essência profunda e fundamental. Eu a chamo de alma. É ela que congrega aqueles que participam desse trabalho e que o mantêm. Mas a rotina faz com que essa experiência se perca. É importante evocá-la de vez em quando para que ela se torne palpável e até visível. Aquilo que sustenta qualquer trabalho também irá nos sustentar e nos abençoar com sua força.

Promessas, promessas

Como muitos judeus ortodoxos, meu avô nunca marcava um encontro ou falava sobre qualquer evento no futuro sem acrescentar as palavras "Se Deus quiser". Um dos ensinamentos do judaísmo ortodoxo é que não podemos fazer promessas sem esse reconhecimento da autoridade de Deus. Assim, se alguém dizia "A gente se vê na próxima terça-feira" ou "Vamos jantar daqui a uma hora", vovô sempre acrescentava: "Se Deus quiser." Afinal, Deus podia acabar com o mundo no intervalo entre aquelas palavras e a hora do jantar. Mas não havia medo em sua voz, essa expressão servia apenas para relembrar a si mesmo e aos que o rodeavam qual é a natureza das coisas.

Para meu avô, a vida exige que tudo fique em aberto, sem apego a determinados resultados. Um almoço, a formatura, o casamento – tudo estava nas mãos de Deus. Estar vivo era esperar pela manifestação dos Seus desígnios. E esperávamos curiosos. Com um sentimento de aventura. Como se lêssemos uma história de suspense, curiosos para descobrir o que iria acontecer em seguida.

Segundo meu avô, as mãos de Deus estão escondidas sob tudo o que acontece. Todas as tragédias ou bênçãos fazem parte de algum objetivo desconhecido e dinâmico. Talvez não fosse possível seguir nossos planos, mas confiávamos totalmente no outro Plano. A vontade de Deus podia não ser conhecida, mas Sua presença era certa, a única certeza de que precisávamos para viver.

Hoje em dia, minha agenda tem compromissos marcados para daqui a três anos. Há certo orgulho insensato nisso, e sempre que faço as anotações lembro-me dessa outra maneira de viver. Envio e recebo cartas de confirmação, faço planos, compro passagens de avião. Dentro de mim, porém, tudo isso permanece em aberto. Sem rigidez. Faço promessas e espero para ver. No meu coração, ainda ouço meu avô dizer "Se Deus quiser".

IV

A REDE DE BÊNÇÃOS

Levei algum tempo para perceber que provoco uma boa impressão nos que me cercam. Durante muitos anos, sofri de timidez e baixa autoestima. Acreditava que era invisível aos olhos dos outros e que minha presença ou ausência não fariam a menor diferença para quem quer que fosse. Costumava não responder aos convites nem retornar as ligações. Às vezes, saía de uma festa sem me despedir de ninguém, inclusive dos donos da casa, achando que não iriam notar a minha ausência.

Anos mais tarde fiquei espantada ao descobrir que, durante aquele tempo, fui considerada distante e rude, e que meu comportamento magoava a todos.

Muitas pessoas não sabem que têm o poder de fortalecer ou enfraquecer a vida dos que convivem com elas. Envolvidos pela rotina diária, perdemos de vista nossa capacidade de influenciar os outros ou a teia de relacionamentos que nos conecta a todos. Mas, de qualquer forma, a vida nos responde, porque não existe ninguém que não tenha o poder de agir sobre os outros. Podemos agir sobre pessoas que mal conhecemos ou até desconhecidas. Muitos pacientes com câncer que conheci ao longo dos anos ficaram surpresos ao tomar consciência desse poder. Até que a doença se manifestasse, eles não sabiam quantas vidas eles tocavam.

Sem perceber, acabamos influenciando a vida dos outros de maneiras bem simples. Sara passou por uma terrível experiência ao sofrer de bulimia na adolescência. Consultou diversos especialistas e ficou um longo tempo hospitalizada até superar o problema. Durante todo esse período sofreu muito, sentindo-se muito isolada e confusa. Sara me descreveu a situação:

– Rachel, eu me sentia absolutamente sozinha e achava que não iria sobreviver. Tinha muito medo. Lembro-me de pensar que, em algum lugar do mundo, alguém com o mesmo problema teria conseguido se curar. Se existiam pessoas que conseguiram sobreviver, eu também conseguiria.

Tempos depois, Sara viu no jornal um anúncio sobre um grupo de apoio a pessoas com bulimia. Hoje, ela é uma mulher de meia-idade e não sofre desse problema há vários anos, mas a ideia de um grupo a instigou. Decidiu participar de uma reunião para ver como era. Foi uma experiência extraordinária. Os jovens desesperadamente doentes tocaram o seu coração. Embora não se sentisse capaz de ajudá-los, ela continuou a frequentar as reuniões, pois preocupava-se com eles. Sara não revelou que havia tido bulimia quando jovem. Apenas ficava sentada, ouvindo as histórias que eram contadas.

Quando já se preparava para sair de uma dessas reuniões, encontrou uma moça muito magra que lhe agradeceu pelas idas, dizendo quanto significava tê-la conhecido. Seus olhos guardavam lágrimas não derramadas. Sara respondeu com sua habitual gentileza, mas ficou confusa. Não se lembrava de ter conversado com aquela moça nem sabia seu nome. Enquanto voltava para casa, ficou pensando em como poderia ter ajudado a moça. Estava quase chegando quando compreendeu o que tinha acontecido. Seu marido foi encontrá-la na porta da frente e surpreendeu-se ao ver que ela estava chorando.

– Sara, o que aconteceu? – perguntou ele, preocupado.

– Eu me tornei a pessoa que precisava encontrar, Harry – disse ela, correndo para abraçá-lo.

Algumas vezes, o poder da vida brilha através de nós, mesmo quando não percebemos. Nós nos tornamos uma bênção para o outro apenas sendo como somos.

É possível tocar profundamente a vida de alguém por meio de atitudes simples. Uma educadora, que hoje é uma mulher feliz no casamento, contou-me sobre um incidente que a ajudou a mudar a própria vida. Durante vários anos ela viveu com um homem charmoso, de alto nível de instrução, mas que a maltratava física e psicologicamente. Ele era muito respeitado na comunidade e todos consideravam seu casamento perfeito. Em casa, porém, tudo era diferente. Com o passar dos anos, ela foi se sentindo cada vez mais diminuída e insegura.

Tudo isso mudou numa esquina de Nova York. Enquanto Elaine e o marido esperavam que o sinal abrisse para atravessarem a rua, ela ficou observando a excepcional arquitetura de um edifício construído antes da guerra.

– Olhe só, Melvin. Aquele edifício não é maravilhoso? – comentou animada.

Pensando que estavam sozinhos, ele respondeu no tom de absoluto desprezo e escárnio que sempre usava nas conversas particulares, menosprezando o entusiasmo da mulher.

Elaine ficou vermelha de vergonha e ela se calou. Nesse momento, uma mulher que estava parada ao seu lado, uma completa estranha que também esperava o sinal abrir, olhou para Melvin com raiva e disse:

– Ela está absolutamente certa. Aquele edifício é maravilhoso. E o senhor é muito grosseiro, um verdadeiro cavalo.

Quando a luz ficou verde, a mulher atravessou a rua e foi embora.

Elaine me disse que esse foi um momento decisivo para ela. De repente, tudo ficou claro, e ela soube que encontraria forças para deixá-lo. Levaria algum tempo, mas sabia que seria capaz.

É preciso estarmos conscientes do poder que temos de transformar a vida em nossa volta. Quando eu poderia imaginar que a minha timidez e a minha autodesvalorização seriam percebidas como arrogância? Que mal involuntário eu terei causado com minhas atitudes? Que bem somos capazes de promover com simples gestos, palavras, atitudes, seja nas pessoas com quem lidamos diretamente, seja naquelas que elas irão atingir? Lembre-se sempre: as bênçãos se espalham como os círculos concêntricos formados na superfície de um lago pelo simples impacto de uma pedrinha.

Linha vital

Após ser submetido a uma cirurgia cardíaca, meu pai passou dez dias no hospital. A longa incisão, que começava no tórax e avançava até as costas, estava cicatrizando e ele já conseguia comer e caminhar pelo corredor.

– Ele está indo muito bem – comentavam as enfermeiras.
– Mas ele não está falando – observava eu, preocupada.
– Talvez seja só cansaço – diziam para me consolar.

Meu pai sempre tinha uma opinião sobre tudo. À medida que o tempo foi passando, seu silêncio começou a me assustar. Ele parecia compreender o que lhe diziam, mas não respondia. Ficara na sala de cirurgia por quase dez horas.

Desde a operação, ele não tinha pronunciado uma única palavra. Parecia entorpecido, congelado. Eu tinha a impressão de que meu pai ainda estava digerindo a incrível dor que sentira e a invasão agressiva da cirurgia, decidindo se deveria voltar e mergulhar de novo no sofrimento. Foi um momento de grande vulnerabilidade.

Os dias se passaram e não houve melhora. Uma tarde, quando eu estava sentada ao seu lado, mal consegui segurar as lágrimas ao perceber quanto temia por sua vida. Seu corpo estava comigo na sala, caminhando, comendo, cicatrizando, mas ele se encontrava em algum outro lugar, e ninguém, além de mim, parecia perceber. Eu não sabia o que fazer.

Angustiada, peguei a loção hidratante sobre a mesinha de cabeceira. Fui para a frente da cama, descobri seus pés e comecei a massageá-los com a loção. Seus olhos permaneceriam fechados. Sem forças para vê-lo daquele jeito, mantive os olhos fixos em seus pés. Depois de algum tempo, decidi falar com ele.

Comecei pelo início de nosso relacionamento, com as lembranças de tudo o que fazíamos quando eu ainda era bem pequena. Lembrei-me de que ele passava horas empurrando o meu balanço no parque, de que ele me levou para o primeiro dia de aula e ficou ao pé da escada, sorrindo e tirando fotografias, do dia em que quebrei o braço e ele me levou correndo ao médico, das cantigas de ninar para me embalar. Lembrei das muitas horas que ele passou me ajudando a fazer o dever de casa, das vezes em que jogávamos cartas e ele me deixava ganhar, da noite em que, usando um smoking alugado, ele nos levou de carro, eu e meu par, ao baile de formatura. Lembrei da longa viagem até a universidade e de como nós dois choramos quando ele foi embora, dos inúmeros telefonemas de encorajamento até eu me adaptar. E de quando eu o abracei, minutos depois da minha colação de grau na faculdade de medicina, e ele me disse: "Agora você é uma menina grande", e começou a chorar. Todo o tempo enquanto falava, eu massageava os pés de meu pai. Finalmente, lembrei da conversa que tivéramos na semana anterior, quando ele me deu inúmeras páginas de instruções sobre o que fazer se ele não saísse vivo da sala de cirurgia.

– Mas você não morreu, papai – enfatizei. – Você conseguiu.

Um dos pés que eu esfregava moveu-se ligeiramente. Olhei para cima. Papai estava olhando para mim. O ar paralisado da semana anterior desaparecera. De repente, ele jogou a cabeça para trás e riu. Sentindo um alívio indescritível, eu também ri.

– Eu sou um osso velho, duro de roer – falou. – Mas acho que sou um bom pai. O que você faria sem mim?

⁓

A sensação de estar ligado a alguém fortalece a vida. Algumas vezes ficamos mais fortes quando descobrimos que os outros precisam de nós. Outras, quando conseguimos ter certeza de que nosso amor é importante para alguém de uma forma que não imaginávamos, ou de que alguém nos ama exatamente como somos.

Recentemente, uma mulher que tinha se recuperado de um câncer de mama falou sobre seu marido a um grupo de mulheres:

– Richard é a minha bênção.

Ambos estavam no segundo casamento e se amavam demais, assim como aos filhos um do outro. Quando se conheceram, Richard era viúvo. Sua mulher morrera após uma longa e dolorosa luta contra o câncer.

Com menos de um ano de namoro, Célia descobriu um nódulo no seio, e estava sozinha no consultório médico quando recebeu a terrível notícia: era maligno.

Seu primeiro pensamento foi para Richard e os filhos dele. Fazia pouco tempo eles tinham enfrentado um grande sofrimento por causa dessa mesma doença. Como ela poderia trazer esse terrível problema para a vida deles de novo? Então, telefonou para Richard e, sem qualquer explicação, pôs fim ao relacionamento. Durante várias semanas recusou-se a atender seus telefonemas e devolveu todas as suas cartas. Mas

Richard não desistiu e continuou atrás dela, implorando para vê-la.

Até que ela cedeu e marcou um encontro para dizer adeus. Richard parecia extremamente tenso e abatido. De forma gentil, perguntou por que Célia tinha terminado o namoro. Quase em lágrimas, ela contou sobre o tumor na mama. Tinha se submetido a uma cirurgia havia algumas semanas e começaria a quimioterapia na semana seguinte.

– Você e seus filhos já passaram por isso uma vez. Não vou colocá-los de novo nessa situação.

Richard olhou para ela, estupefato.

– Você está com câncer? – indagou.

Sem dizer uma palavra, ela fez que sim com a cabeça. Lágrimas desciam pelo seu rosto.

– Célia – disse ele, quase rindo de alívio. – Podemos lidar com o câncer... Sabemos como encarar a doença. Pensei que você não me amava.

Talvez só sejamos capazes de servir verdadeiramente aqueles que desejamos tocar, não com nossas mãos, mas com nosso coração e até com nossa alma. O profissionalismo revestiu o ato de servir com uma certa neutralidade e distância. Entretanto, no nível mais profundo, servir é ligar-se ao outro e ao mundo que nos cerca. É essa ligação que nos dá o poder de abençoar a vida dos outros. Sem a ligação, a vida que existe neles não responderá à nossa ação.

Somos o bastante

Muitas pessoas alcançaram a cura nos encontros que realizamos em Commonwealth, embora muito do que fazemos seja sofrer juntos as nossas perdas. Isso não é o que aprendi durante a minha formação. A faculdade de medicina me ensinou a curar a dor, não a compartilhá-la, mas um diploma é apenas o começo de um aprendizado. Com o passar do tempo, observei que o processo de cura tem início quando as pessoas podem mostrar a dor e o sofrimento a quem as compreenda de verdade.

Começamos a compartilhar no primeiro dia dos encontros. Oito pessoas que sofrem de câncer e que mal se conhecem conversam intimamente sobre perdas e surpreendem-se por serem capazes de externar sentimentos que até então permaneciam ocultos. Quando alguém fala, os outros ouvem com generosidade, sem pedir explicações. Não é preciso. E assim, no final, todos descobrem que podem fazer parte do grupo do jeito que são. Um lugar que aceita o nosso sofrimento sem nos rejeitar é um lugar seguro. Ali, podemos nos tornar inteiros de novo.

Na experiência com esses grupos aprendi que, ao falar sobre o assunto sem qualquer censura, as pessoas conseguem ver pela primeira vez algo que o sofrimento ocultou: a coragem, a força, a fé. O desejo de viver e o seu poder. Nesses encontros, testemunhei inúmeras vezes como as pessoas feridas fortalecem a vida umas das outras. No início pode parecer um grupo de vítimas, mas no final descobrimos que é uma sala repleta de guerreiros. Algo misterioso acontece ali, como se uma força desconhecida existente em cada um nos usasse como instrumento de cura.

Há alguns anos recebi de um paciente um pequeno quadro onde se lia uma citação de São Francisco. Durante muitos anos ele ficou pendurado na janela de meu consultório. Dizia: "Senhor, fazei-me um instrumento de Vossa paz." Isso acontece de verdade, eu presenciei.

Não quero dizer que o processo de cura é sempre agradável ou fácil. Algumas vezes, consigo perceber no instante em que chego à sala pela primeira vez se um desses encontros vai ser difícil. Eu me senti insegura poucos minutos depois de ter me juntado a um grupo de oito mulheres, todas com câncer. Entretanto, muitas curas estavam para acontecer entre nós.

Logo ficou claro que aquele era um grupo que não sabia ouvir. Uma das participantes tinha um tumor cerebral que dificultava a sua capacidade de seguir uma conversa, o que a fazia responder de maneira inadequada. Uma mulher mais velha estava quase surda e a todo instante pedia que falassem mais alto. Uma terceira era uma psiquiatra de Harvard que trazia uma interpretação freudiana para qualquer sentimento que as outras expressassem. Havia, também, uma advogada agressiva e arrogante que desafiava as opiniões de todas, além de uma artista muito talentosa que perdera a mãe aos 3 anos por causa de um câncer. A dor profunda parecia ter bloqueado seu crescimento emocional. Qualquer que fosse o assunto, ela sempre atraía a atenção de todos para si mesma e seus problemas. E havia uma moça ainda jovem que se sentou num canto, os braços ao redor dos joelhos, parecendo incapaz de manter contato visual e de falar. Seu nome era Beth.

Aquele primeiro encontro matinal foi tão difícil que não me surpreendi quando soube que ela tinha procurado um outro médico na hora do almoço para dizer que queria ir embora para casa. Eu já estava preocupada com ela antes mesmo de sua chegada. Na ficha de inscrição, ela afirmara ter interrompido o tratamento – uma quimioterapia capaz de curar 95 por cento dos casos iguais ao dela – na metade do tempo recomendado. Não dera nenhuma explicação, e fiquei me perguntando qual seria o motivo.

O médico ouviu Beth falar de sua angústia. Sentira-se "ofendida" pelo grupo e não tinha certeza se eu seria capaz de protegê-la da agressividade e da indiferença de algumas das outras mulheres. Na ocasião, ela chorou e contou que sofrera maus-tratos durante toda a infância. A mãe batia nela sem piedade, às vezes com um cinto, outras com o cabo de um chicote de montaria. Interrompera a quimioterapia porque isso lhe trazia de volta muitas lembranças dos momentos em que lhe impuseram sofrimentos físicos, e ela não conseguiu continuar.

Quando terminou de falar, o médico lhe mostrou que um grande caminho havia sido percorrido até ali e que talvez ela devesse se dar mais uma chance. Sugeriu que conversasse comigo sobre seus medos. Ela respondeu que seria quase impossível, pois sentia enorme dificuldade em confiar em mulheres mais velhas, que a faziam se lembrar da mãe. Entretanto, tentaria mais uma vez.

A segunda manhã transcorreu um pouco melhor. Faith, uma artista começou a sessão confrontando Beth:

– Você vai falar alguma coisa hoje?

Beth retraiu-se e eu aproveitei aquela abençoada introdução para esclarecer que as pessoas não eram obrigadas a falar durante os encontros. Era possível se beneficiarem mesmo ficando sentadas em silêncio, todas as manhãs, apenas se interessando pelos problemas das companheiras. Observei Beth com o canto dos olhos. No final da sessão, ela parecia mais à vontade.

À medida que a semana prosseguiu, o grupo foi ficando mais próximo, e isso aconteceu de uma maneira muito interessante. Quase sempre existe uma palavra ou qualidade que resume os relacionamentos que se formam em cada um desses grupos. Nesse caso, a palavra era aceitação. As mulheres encontraram meios de se apoiar umas nas outras sem se ofender com comportamentos algumas vezes difíceis. Era como se cada uma estendesse às outras o tipo de amor que dedicava aos filhos. Beth ainda não tinha falado e continuava fechada, mas ouvia tudo com atenção, nitidamente tocada pelo que o grupo sentia e dizia. Ela permaneceu conosco.

Na última manhã de encontros, o grupo teve uma discussão franca e aberta sobre sexualidade. Essas mulheres que ocultavam suas cicatrizes de seus pares as mostravam umas às outras. Quase todas ali, inclusive eu, tinham sofrido profundas modificações no corpo em decorrência de cirurgias. Falávamos com toda a sinceridade sobre nossas experiências e sobre a reação que despertávamos nas pessoas. Faith contou uma história engraçada e emocionante sobre a surpresa de um parceiro do tipo "garanhão" quando descobriu que um de seus seios era falso. De repente, ela olhou para Beth, que estava sentada a seu lado, e perguntou, numa espontaneidade quase infantil:

– Você não deve ter histórias desse tipo para contar, não é? O seu tipo de câncer não aparece externamente.

O desafio fora lançado de novo. Olhei para Beth com a esperança de que, dessa vez, ela se abrisse. Ela ficou pálida, porém estava mais do que preparada. Numa voz sufocada, mas cheia de dignidade, respondeu:

– Isso não é verdade. Nunca deixei que alguém visse ou tocasse minhas costas.

A emoção de sua voz teria intimidado uma pessoa com mais sensibilidade, mas Faith não prestou atenção nesse detalhe.

– Por que não? – insistiu ela.

Beth respondeu que suas costas tinham inúmeras cicatrizes.

– Fui chicoteada várias vezes quando era pequena – revelou.

Um silêncio arrebatador tomou conta da sala. Qualquer pessoa teria parado por ali, menos Faith. Com uma curiosidade infantil, ela quis saber:

– Quem agrediu você desse jeito?

Beth a olhou de frente e respondeu sem rodeios:

– Minha mãe.

Fico imaginando as respostas que muitos de nós dariam em situações como essa. Alguns ficariam pesarosos ou muito constrangidos. Outros pediriam desculpas. Faith não fez nada disso. Ela teve a mesma reação que uma criança teria. Arregalou os olhos, que foram ficando marejados, até que as lágrimas começaram a escorrer. Pela primeira vez, Beth presenciou a resposta sincera de outra mulher ao seu sofrimento. Ela segurou as mãos de Faith e disse suavemente:

– Obrigada. Muito obrigada.

Alguns meses depois, tivemos notícias de Beth. Ela tinha retomado o tratamento. Anos mais tarde, está claro que foi bem-sucedido.

Curar é o trabalho de profissionais, mas fortalecer a vida uns nos outros é obra de seres humanos. Poucos terapeutas experientes teriam interagido com Beth da maneira como Faith o fez, mas um profissional talvez não conseguisse um resultado tão notável. Acredito que Beth não teria confiado em nada que fosse menos autêntico do que aquilo que Faith lhe ofereceu. Algumas vezes, a cura mais profunda advém da forma natural com que as vidas de duas pessoas feridas se encaixam. Isso nos faz entrar no campo do mistério, imaginando qual seria a fonte de tal cura.

O sábio

Durante minha formação médica, ficava mais ou menos estabelecido que aqueles que não tinham família, ou cuja família morava longe, deveriam oferecer-se como voluntários para trabalhar na véspera e no dia de Natal, permitindo que os colegas ficassem com seus cônjuges, filhos ou pais. Sendo solteira, todos esperavam que eu me oferecesse para permanecer no hospital, e, embora eu não tivesse outros planos, demonstrei ressentimento.

Na semana que antecedia o Natal, tentávamos mandar para casa o maior número possível de pacientes, mas alguns não tinham para onde ir. Petey era um deles. Um homem gentil, já idoso, sem muita certeza da própria idade, um desamparado que chegou ao hospital com apenas uma muda de roupa. Sofria de enfisema crônico, o que nos dava uma desculpa para mantê-lo ali, pois o frio nas ruas era intenso. Tímido, ficava feliz apenas por estar lá conosco e mostrava-se agradecido por qualquer coisa que fizéssemos por ele.

No dia de Natal, muitos grupos como o Exército da Salvação apareciam nas enfermarias de Bellevue e distribuíam pequenas lembranças para os pacientes; mas, ao cair da noite, já se encontravam em casa. O imenso hospital estava em silêncio, com muitos leitos vazios, e as poucas lâmpadas acesas nas mesas de cabeceira formavam pequenas ilhas de luz na escuridão. Eu ia de um paciente a outro verificando o soro, perguntando sobre sintomas, oferecendo analgésicos aos que tinham dor e remédios para dormir aos que ainda estavam acordados. O Natal é uma época de lembranças e muitos queriam falar sobre elas. Enquanto passava de uma cama a outra, eu costumava ouvir histórias do passado.

Quando me aproximei da cama de Petey, ele acenou para mim.

– Dona doutora – falou, estendendo a mão e abrindo a gaveta da velha mesinha de cabeceira. Dentro dela estavam quase todos os seus pertences: um canivete, uma escova de dentes, uma lâmina de barbear, um pente, algumas moedas e duas belas laranjas que devia ter recebido de alguém naquela tarde. Ele me estendeu uma delas: – Feliz Natal! – exclamou, constrangido.

Em seu rosto percebi um enorme prazer por ter algo a ofertar. Fiquei surpresa, sem saber o que dizer. De repente, outras vésperas de Natal voltaram à minha memória, lembranças de minha infância, quando senti essa mesma alegria. Mas isso fora num tempo distante. Eu tinha aprendido muitas coisas desde então, mas também me esquecera de muitas outras.

Há muitos anos, por meio do próprio exemplo, meu avô me ensinara a mesma maneira de viver que Petey me mostrava agora. Mas a voz de meu avô acabou sendo abafada dentro de mim pelas vozes de meus familiares, meus colegas, meus professores. O rosto enrugado de Petey abriu-se num sorriso.

– Feliz Natal! – repetiu.

Meus olhos ficaram cheios de lágrimas. Estendi os braços e peguei o presente extremamente agradecida.

É preciso muito tempo até que nos lembremos de que os bens preciosos que temos para dar não foram aprendidos nos livros e que a sabedoria de viver bem não é conferida necessariamente aos que alcançam um alto nível nos estudos. Os verdadeiros professores estão em toda parte. Nossa vida será abençoada pelos outros muitas e muitas vezes até que, por fim, consigamos nos lembrar de como nós mesmos podemos abençoá-la.

V

Amparando a vida

Passei muitos anos tentando aprender a consertar a vida. Descobri finalmente que a vida não está com defeito e que servimos melhor a vida quando a alimentamos e a apoiamos. Quando ouvimos antes de agir.

Amparar a vida não significa fazer com que as coisas aconteçam segundo a nossa vontade, mas sim desvendar o que já está acontecendo dentro de nós e ao nosso redor e criar condições para que se desenvolva. Amparar a vida exige que procuremos entrar em contato com nosso potencial que quer sempre se concretizar, bastando que tenha condições para isso. Amparar a vida é mais uma questão de sabedoria do que de conhecimento.

Na minha família, em que há tantos médicos, ficava subentendido que bastava ter conhecimento para alcançar tudo o que valia a pena possuir. Quanto mais informações acumulássemos, mais respostas encontraríamos, quanto mais conhecêssemos, melhor poderíamos dirigir nossa vida e alcançar a felicidade. Passei muito tempo sem compreender a diferença entre conhecimento e sabedoria. Já estava com quase 35 anos quando me dei conta de que existem outras formas de conhecimento, além da intelectual, que são imensamente poderosas. Fiquei perplexa ao descobrir que aquilo que mais vale a pena saber não está escrito nos livros nem foi descoberto graças ao esforço científico. São conhecimentos tanto de quem frequentou a escola quanto de quem jamais colocou os pés ali, pessoas alfabetizadas ou que nunca conseguiram ler uma única palavra.

Para mim, foi um impacto descobrir que para viver bem é preciso aprender a ler a vida.

A vida pode falar a você por intermédio de qualquer pessoa, alguém que não tenha cultura ou que não fale a sua língua, alguém que esteja doente ou morrendo, até mesmo uma criança. Ela pode falar sem nenhuma palavra. Aprendi muito com pessoas que não se consideram professores.

Existem poucos grandes mestres. A maioria de nós ainda está aprendendo. Todo ser humano é inacabado, mas existem muitos que são capazes de ouvir a vida melhor do que outros e captar suas mensagens. Um professor é alguém que aprendeu a ouvir a vida, alguém que não indica um caminho, mas nos ajuda a descobrir nosso próprio caminho. Um bom professor pode nos ensinar os segredos de uma boa escuta, mas nunca poderá nos ensinar os segredos da vida. Precisaremos ouvir por nós mesmos.

Aprender leva tempo. Raramente reconheço a sabedoria da vida no momento em que a recebo. Algumas vezes fico distraído com algo que meus olhos captam ou deixo de ver porque nem toda dádiva de sabedoria vem num lindo embrulho de presente. Inúmeras vezes recebi essa graça muitos anos depois que ela me foi oferecida. Houve momentos em que precisei receber outras coisas primeiro, passar por outras experiências para estar pronta.

Amparar a vida nos torna capazes de resolver alguns problemas. Pela nossa sobrevivência, é necessário que façamos algo novo, que seja mais simples e mais humano, e que nos tornemos abertos para o que está além de nossos conhecimentos.

É necessário que aprendamos a viver mais perto da vida, em nós e ao nosso redor. Que nos esforcemos para aprender a confiar na vida.

―――

O último passo na cura do sofrimento pode ser a sabedoria. Acho que nenhum sofrimento fica completamente curado enquanto a sabedoria de sua experiência não for encontrada e admirada. Não retornamos da viagem pela dor e pelo sofrimento indo para a mesma casa de onde saímos. Depois de vinte anos acompanhando pessoas que lidam com o câncer, posso afirmar que a experiência do sofrimento e a sabedoria que podemos encontrar ali serão completamente nossas. Essa experiência vai nos ajudar a viver.

Abençoe todas as coisas que lhe transmitem sabedoria, pois elas se tornarão parte de quem você é e vão aproximar você da vida. Os tibetanos reverenciam aqueles que lhes ensinaram a inestimável dádiva da sabedoria de viver bem. Talvez isso signifique reverenciar toda e qualquer vida – a formiga e a águia, o inimigo e o amigo, o parceiro, o parente, o filho. Todos eles nos oferecem a oportunidade de conhecer a nós mesmos e de conhecer a vida. A oportunidade de ampará-la. Isso vale para nossas vitórias e nossas derrotas, nossas doenças, nossas celebrações, nossas alegrias e nossas tristezas. Tudo isso nos oferece sabedoria. Que seja tudo abençoado.

Amando a vida

Mesmo sendo uma intelectual, uma mulher com formação profissional, minha mãe, que era russa, amarrava fitas vermelhas no meu berço e no meu carrinho. Quando eu cresci um pouco, ela passou a cortar fitas vermelhas em pedaços de uns 5 centímetros, escondendo-os nos bolsos das minhas roupas ou nos meus sapatos. Embora nunca a visse abrindo meus armários e gavetas, eu sempre encontrava esses pedacinhos de fita. Tornaram-se tão comuns que parei de prestar atenção neles e costumava deixá-los no lugar onde os encontrava. Eles estavam ali para me proteger contra o mau-olhado.

Mamãe continuou colocando as fitas nos meus bolsos muito tempo depois de eu ter me tornado adulta. Um dia, ao esvaziar uma de minhas bolsas favoritas, encontrei no fundo uma das fitas. Isso aconteceu mais de doze anos após a morte de minha mãe.

Aquelas fitas representavam uma visão do mundo. Lembro que grande parte das conversas de minha família girava em torno de como salvar um ao outro do perigo. Havia muitos avisos: "Abotoe o casaco! Olhe onde pisa! Cuidado com a bolsa! Não fale com estranhos! Dirija com cuidado!" Quando eu era pequena, achava que esse era o sentido de uma família: formar uma frente unida contra o perigo, oferecendo a cada um o benefício de vários pares de olhos precavidos.

Mais tarde, encontrei o mesmo espírito cauteloso entre meus colegas de medicina. Pode ser que essa vigilância seja uma maneira às avessas de dizer que a vida é valiosa e importante demais para ser perdida ou mal-aproveitada. Se é isso, talvez devêssemos celebrar mais a vida e defendê-la menos.

Existe uma grande diferença entre defender a vida e ampará--la. Defendê-la significa agarrar-se ao que se tem, seja lá o que for, a todo custo. Ampará-la é fortalecer e sustentar seu movimento para que ela seja plena. Isso pode exigir que enfrentemos grandes riscos, que nos libertemos muitas e muitas vezes até, enfim, nos entregarmos ao sonho que a vida faz de si mesma.

Ovos

Quando minha avó Rachel era recém-casada, ainda na Rússia, muitas vezes não havia comida suficiente e a família passava fome. Seu marido era o rabino, e por isso eles sempre repartiam o que possuíam com aqueles que tinham ainda menos. Vovó aprendeu a fazer com que tudo rendesse o máximo possível. Uma vida difícil.

Talvez por esse motivo, nos Estados Unidos a cozinha de minha avó vivia abarrotada de comida. Mas essa abundância não significava desperdício. Tudo era usado até o fim. Até os saquinhos de chá eram utilizados duas vezes.

Conta-se uma história na família sobre a geladeira da minha avó. Pode ter sido inventada, mas também pode ser verdade. Eu a ouço desde pequena. A geladeira da vovó estava sempre cheia. Todas as prateleiras, todos os cantos e fendas estavam sempre ocupados. Algumas vezes, quando alguém abria a porta sem o cuidado necessário, um ovo caía no chão e se quebrava. A reação da minha avó era sempre a mesma. Olhava satisfeita para o ovo quebrado e dizia:

– Ah! Hoje vamos ter pão de ló.

Amparar a vida não é possuir tudo da maneira como queremos. A vida é inconstante e cheia de ovos quebrados. Mas o que é verdadeiro para os ovos é ainda mais para a dor, as perdas e o sofrimento. Determinadas coisas são importantes demais para serem desperdiçadas. Quando eu tinha 16 anos, logo após o médico ir à minha casa e dizer que eu tinha uma doença que ninguém sabia como curar, minha mãe me fez lembrar esse fato. Eu me voltei para ela em estado de choque, mas ela não veio me abraçar nem me acalmar. Em vez disso, segurou minha mão e disse com firmeza:

– Vamos fazer um pão de ló.

Levei muitos anos para encontrar uma receita que fosse minha, mas, naquele momento, eu soube que era o que eu precisava fazer.

A vida não desperdiça nada. Cada molécula existente está sempre se juntando a outras, pelas mãos da vida, para ser transformada, adquirindo novas formas. É estranho pensar que uma grande dor pode não ser permanente e que toda dor é abençoada com a transitoriedade. Aos poucos, gota a gota, ela pode se exaurir, até que nem a pessoa mais dedicada consiga encontrá-la, a não ser que esteja buscando a solidariedade ou alguma outra forma de sabedoria.

Encontrando o caminho

Quando penso na ligação especial que existe entre avós e netos, lembro-me de um parto que acompanhei há muito tempo. O pai do menino, um norte-americano filho de mexicanos, fazia pós-graduação na universidade em que eu trabalhava. Sua esposa, uma jovem de Boston, também estudava ali. Era o primeiro filho de ambos e eles queriam tomar todo o cuidado necessário.

Os dois jovens participaram dos cursos de treinamento para o parto e das aulas de como cuidar do bebê. Estavam prontos, assim como nós, com o apoio de todo o poder da obstetrícia e da pediatria contemporâneas.

Mas nem tudo correu bem. O trabalho de parto foi longo e muito difícil. Após várias horas de esforço, os obstetras perguntaram se eles gostariam de uma intervenção cirúrgica. A moça tinha medo de uma cesariana, então eles não quiseram. Muitas horas mais se passaram e os médicos resolveram solicitar consultoria pediátrica. Ficou decidido que ofereceriam a opção da cirurgia mais uma vez. Apesar da exaustão, da dor e dos apelos do marido, a moça continuava inflexível. Estava amedrontada demais. Depois de mais uma hora sem nenhum progresso, o rapaz, já desesperado, telefonou para a sogra na Costa Leste pedindo que ela convencesse Jennifer, sua mulher, a aceitar a cesariana. Enquanto elas conversavam, ele foi comigo até a sala de espera para contar ao pai o que estava acontecendo.

Embora vivesse na Califórnia havia muitos anos, o pai de Michael quase não falava inglês. Era um homem da terra, endurecido e forte, que primeiro trabalhou na lavoura e depois, com a ajuda dos filhos, tornou-se um pequeno proprietário de terras. Ele estava sentado naquela sala havia várias horas aguardando o nascimento de seu primeiro neto. Michael era seu filho mais velho.

Com muita atenção, ele ouviu as explicações de Michael e foi ficando sério e pensativo. Então, balançou a cabeça, disse algumas palavras em espanhol e colocou o braço ao redor do ombro do filho. Percebi que Michael relaxou um pouco. Depois, voltamos à sala de parto e ficamos sabendo que, após falar com a mãe, Jennifer havia concordado com a cirurgia.

Ela estava deitada na cama, exausta, os olhos cheios de lágrimas. Os obstetras foram preparar a sala de cirurgia e eu subi dois andares até meu consultório para avisar que estaria assistindo à cesariana. Mal tinha chegado à minha mesa quando fui chamada ao telefone pelo médico de Jennifer. Antes de ser levada à sala de cirurgia, ela havia recobrado o ânimo, conseguindo dar à luz após um vigoroso esforço.

– Todos estão bem – disse o médico.

Ouvi o bebê chorar. Era um menino.

Mais tarde, eu quis saber a opinião de Michael sobre o que havia acontecido. Ele me disse que os médicos lhe deram várias explicações, mas ele achava que tudo tinha a ver com seu pai. Diante de minha expressão de surpresa, ele riu e comentou:

– Meu pai é um grande homem.

Quando Michael contou ao pai que o bebê nascera antes da cesariana, o velho homem sorriu e balançou a cabeça.

– Houve muito medo – disse-lhe o pai, em espanhol.

Ele ouvira falar dos temores da nora e percebeu que o filho se sentia da mesma forma. Por isso, sabia que o bebê também estava com medo. Assim, sozinho na sala de espera, conversou mentalmente com o neto, encorajando-o a nascer.

Ele falou com o bebê sobre suas muitas lembranças da beleza da terra, do alvorecer, do pôr do sol, da nova colheita e da riqueza das safras. Disse ao neto que aguardava ansioso pelo momento de poder caminhar com ele sobre a terra. Falou da bondade da vida, da amizade, do riso e do trabalho bem-feito. Por fim, falou sobre o seu amor pela família. Lembrou-se do próprio pai, no México, e da esposa, ambos mortos. Falou sobre cada um dos irmãos de Michael, tios do bebê. Falou da bondade e da força de todos os seus filhos, do orgulho que sentia deles e das mulheres com quem se casaram. Lembrou antigos natais, aniversários e casamentos. Contou da alegria que sentiam pela felicidade uns dos outros. Ofereceu ao bebê o seu coração. E o bebê veio.

Nesses muitos anos, atendi vários partos como pediatra, orientadora, parente ou amiga. Algumas vezes, sugiro aos pais que, nesses momentos, falem com os filhos que estão por nascer, mostrando-lhes imagens mentais da bondade do mundo, compartilhando com eles o amor pela vida, fortalecendo-os e encorajando-os nessa passagem tão difícil.

A dádiva de novos olhos

Há alguns anos, uma amiga que recebera uma grande herança deu 20 mil dólares a vários amigos para que distribuíssem da maneira que achassem mais adequada. Fui uma das escolhidas.

Fiquei surpresa ao perceber quanto essa tarefa mudou a forma como eu enxergava o mundo. Eu já desenvolvera um olhar de terapeuta para identificar o crescimento nas pessoas, mas não conhecia o movimento que acontece na cultura, quando grupos de indivíduos são estimulados a fazer desse mundo um lugar melhor. Por acreditar que não teria meios de ajudar pessoas em dificuldade, achava que elas não tinham nada a ver comigo. Você pode nunca se dar conta de plantas lutando para crescer até que alguém lhe entregue um regador cheio de água. Agora eu posso ver pessoas em dificuldade. Estão por toda parte.

Uma noite fui jantar com uma amiga num restaurante. Sentamos perto de uma mesa onde dois homens jantavam. Estávamos tão próximos que comecei a prestar atenção na conversa deles. Um dos homens estava contando ao outro sobre um programa do qual ele e alguns de seus colegas participavam como voluntários. Eram grupos de apoio a famílias pobres que falavam espanhol e haviam perdido filhos devido a doenças, acidentes ou violência. No passado, muitos hospitais da cidade contribuíam com esse programa doando uma pequena quantia que mal dava para pagar os custos de alguns poucos funcionários e do aluguel dos locais para as reuniões.

A tristeza do homem que falava era visível. Ele contava ao amigo que nos últimos anos mais de cem casais conseguiram preservar casamentos dilacerados pela dor e pela culpa e receberam orientação sobre a maneira de lidar com os filhos. Entretanto, muitos hospitais da cidade fecharam as portas ou passaram a ser administrados por organizações que não tinham interesse em apoiar tal programa. Desesperados, ele e seus colegas tentaram levantar o dinheiro necessário para continuar o trabalho, mas não tiveram sucesso. Conseguiram apenas 500 dólares, que não durariam muito tempo. Por isso teriam que fechar as portas em poucos meses. Percebi que ele estava quase chorando.

O amigo mostrou-se preocupado.

– De quanto vocês precisam para manter o programa funcionando por mais tempo, Steve?

Agora, eu já estava escutando a conversa sem o menor pudor.

– Muito dinheiro – respondeu Steve, com tristeza na voz. – Mais do que jamais conseguiríamos levantar.

– Quanto? – insistiu o amigo.

– Quatro mil dólares.

Toquei de leve no ombro de Steve.

– Pois você já conseguiu – falei abrindo a bolsa e pegando o meu talão de cheques.

Sem a generosidade da minha amiga, eu não teria reagido à conversa da mesa ao lado ou, talvez, nem a tivesse ouvido. Entretanto, por causa de seu programa visionário, eu sabia que tinha uma coisa de valor para dar. Durante três anos distribuí o dinheiro em seu nome e algo estranho aconteceu.

Agora que não tenho mais dinheiro para doar, ainda presto atenção no crescimento que ocorre ao meu redor e respondo a ele. Eu doo o meu tempo, minhas habilidades, minha rede de amigos, minha experiência de vida. Não é preciso dinheiro para ser um filantropo. Todos nós possuímos algum bem. Podemos amparar a vida sem ter nada nas mãos.

Fazendo a diferença

Harriet inclinou o corpo na cadeira, os joelhos afastados e as mãos fechadas entre eles. Com a voz transmitindo desânimo e irritação, ela me contou que havia estudado e praticado a medicina por mais de vinte anos, tornando-se uma importante especialista, primeiro como pediatra, depois no cuidado de crianças prematuras. Solteira, dedicara toda a sua vida à sobrevivência daqueles minúsculos seres, e virou uma das melhores do país nessa especialidade altamente técnica e desgastante. Agora ela realizava tarefas burocráticas junto aos seguros de saúde.

Enquanto ela falava, eu a observava e, de repente, tive a sensação de estar protegida a seu lado, como se a sua capacidade de atender a vulnerabilidade dos outros fosse completa e absoluta. Fiquei muito emocionada.

Ela me disse que nos últimos cinco anos vinha passando cada vez mais tempo defendendo as necessidades de cuidados de seus pequeninos pacientes. Falou das horas ao telefone, da chuva de papéis, do trabalho burocrático, da frustração de ter que discutir com as companhias de seguro, dia após dia, justificando o valor da vida de um bebê prematuro.

– Não posso continuar – afirmou, desesperada.

Enquanto conversávamos, Harriet, sem se dar conta, mexia num objeto que tirou de uma de minhas prateleiras, uma estrela-do-mar seca que alguém trouxera da praia. A experiência me ensinou que, nesse tipo de conversa, ninguém faz nada ao acaso. Continuei ouvindo, mas passei a observar seus gestos, sua forma delicada de manusear o pequeno objeto, ajeitando-o na palma da mão e cobrindo-o com a outra.

Ao final de nossa sessão, chamei a atenção de Harriet para o que ela vinha fazendo com o objeto. Surpresa, ela olhou para baixo.

– Essa estrela-do-mar tem alguma coisa a ver com o que estivemos conversando? – perguntei.

Ainda atônita, ela disse que não sabia.

– Como se sente em relação a ela? – insisti.

Sem hesitar, Harriet respondeu:

– Ela é importante.

– Então, por que não a leva com você? Traga-a de volta da próxima vez. Talvez descubra a razão pela qual ela é importante.

Harriet colocou a estrela no bolso e levantou-se.

– Volto na semana que vem – disse antes de sair.

Com o passar do dia, atendi várias outras pessoas e acabei me esquecendo do ocorrido. Na última hora do dia de trabalho ouvi uma batida na porta. Quando a abri, fiquei surpresa ao ver Harriet.

– Você tem um tempinho? – perguntou ela.

Sentada mais uma vez à minha frente, ela olhou para mim.

– Eu me lembrei de uma história – disse ela, colocando a pequena estrela-do-mar na mesa, entre nós duas.

Então, Harriet me falou de um homem já velho que estava andando pela praia, na maré baixa, apanhando estrelas-do-mar que secavam ao sol e devolvendo-as cuidadosamente ao mar. Passado algum tempo, um rapaz que corria para se exercitar passou por ele e perguntou-lhe o que estava fazendo.

O velho homem explicou que as estrelas-do-mar iriam morrer ao sol e por isso ele as estava atirando de volta à água. Surpreso, o rapaz começou a rir.

– Ora, velho amigo, não perca o seu tempo. Você não sabe que existem centenas e centenas de estrelas-do-mar nessa praia? E milhares de praias nesse mundo? E mais uma maré baixa amanhã? Por que você acha que isso vai fazer alguma diferença?

Sem parar de rir, o rapaz continuou sua corrida.

O velho homem ficou olhando o rapaz por um longo tempo. Depois, continuou a caminhar e logo encontrou outra estrela-do-mar. Abaixou-se, pegou-a e ficou olhando para ela, pensativo. Então, gentilmente, jogou-a no mar.

– Fez muita diferença para esta aqui – comentou consigo mesmo.

Com lágrimas nos olhos, Harriet disse que, de alguma forma, ela se esquecera da importância de cada telefonema, cada carta, cada formulário que ela preenchia.

– Eu estava tão envolvida pelas loucuras do sistema que acabei esquecendo que meu trabalho não é mudar um mundo que às vezes acho que não posso mudar, mas, sim, tocar as vidas que tocam a minha de uma maneira que faça alguma diferença. Eu costumava realizar isso no trabalho diretamente com os recém-nascidos e agora faço de outra forma. Mas continuo tocando essas vidas.

Muitas vezes, podemos pensar que, comparado ao tamanho do problema, o que estamos fazendo não significa nada. Mas não é verdade. Quando chega o momento de agir, não importa o tamanho da necessidade, só podemos abençoar uma vida de cada vez.

Tempos atrás, num encontro de médicos, alguém perguntou a uma pediatra, diretora da clínica de adolescentes de um dos hospitais da área mais pobre de Nova York, como ela conseguia prosseguir com seu trabalho, ano após ano, quando os problemas sociais das crianças que ela atendia eram tantos que nada do que ela fizesse conseguiria fazer alguma diferença.

– Discordo de você – respondeu ela, com convicção. – Com crianças assim, tudo o que eu faço faz diferença.

A aceitação

Paul sofreu com a doença de Crohn durante quase toda a vida. Aos 17 anos, ele tinha a constituição e a aparência de uma criança de 13. Na esperança de controlar a doença, trataram-no muitos anos com drogas que desaceleravam o seu crescimento e sua maturidade, sem sucesso. Ele continuou a perder peso e a dor era uma realidade diária em sua vida. Todos ao seu redor achavam óbvio que chegara a hora de pensar numa cirurgia. Mas Paul não achava óbvio.

Seu médico anterior, um cirurgião, havia lhe dado uma descrição detalhada da cirurgia. Ela envolvia a retirada da parte danificada do intestino grosso e uma colostomia, uma abertura na superfície do abdômen através da qual o restante de seu intestino poderia ser esvaziado. Quando lhe apresentaram essa opção, Paul saiu do consultório e recusou-se a voltar.

Ele veio me ver apenas para agradar aos pais. No início, não queria nem discutir a possibilidade da cirurgia, dizendo apenas que se achava "feio demais, ninguém vai se apaixonar por mim, não posso viver assim". No final da consulta já estava disposto a me contar o que sabia sobre o assunto. Pegou um lápis e uma folha de papel e descreveu todo o procedimento cirúrgico, incluindo desenhos, com um nível de compreensão que envergonharia um residente do quarto ano de cirurgia.

– Paul – falei –, você estará dormindo quando tudo isso

acontecer. Como vai ser depois que você acordar? Como será viver com isso?

Ele me olhou desconcertado.

– Bem, não faço a mínima ideia – respondeu.

Eu lhe disse que, em geral, os homens não acham os cuidados com a colostomia mais difíceis ou demorados do que muitos outros cuidados diários com o corpo.

– Leva muito menos tempo e precisa de menos habilidades se comparado a fazer a barba – expliquei.

Ele não se deixou impressionar.

– Você gostaria de conhecer alguns desses homens? – perguntei, na esperança de que ele concordasse.

Houve uma pausa e depois, numa atitude típica de um adolescente, ele deu de ombros.

– Acho que sim – respondeu.

Por intermédio de um grupo nacional de autoajuda, consegui localizar três garotos em nossa área, alunos do ensino médio, que usavam colostomia e estavam dispostos a se encontrar com Paul para conversar. Encorajei-o a telefonar para os rapazes e saber como se sentiam em relação ao problema. Apesar de relutante, ele concordou.

– Mas eu nunca vou fazer essa cirurgia, Rachel. Não importa o que eles digam.

– Pelo menos você vai saber como é o processo, Paul. Você deve essa resposta a si mesmo.

No final, ele acabou se surpreendendo. Os três garotos aparentavam a idade que tinham e, por conta da cirurgia, eram muito mais ativos do que ele. Jogavam futebol americano, saíam para dançar e iam à escola regularmente. Um deles estava envolvido com computadores, o outro tinha uma banda. Paul ficou bastante impressionado. Quando contou a eles sobre os seus sentimentos em relação à cirurgia, todos disseram que se sentiram da mesma forma no início e que algumas vezes ainda se sentiam assim. Entretanto, explicaram que, na maioria das vezes, tudo acontecia de maneira diferente da que Paul tanto temia. É claro que algumas pessoas se esquivavam, mas outras não se importavam nem um pouco. Dois dos rapazes tinham namoradas. Paul chegou a conversar com uma delas.

Os três rapazes se dispuseram a mostrar a Paul como era a colostomia e um deles chegou a lhe ensinar como cuidar dela sozinho. Pareceu bem simples. Quando o ouvi contando sobre os encontros, fiquei profundamente tocada pela generosidade e solidariedade que os três rapazes demonstraram em relação a um completo estranho.

Após essa conversa, Paul percebeu que conseguiria viver com a colostomia, o que antes parecia impossível. Depois de alguns dias de reflexão, ele voltou ao meu consultório para discutirmos o que ele iria fazer.

– Vou fazer a cirurgia, Rachel – decidiu.

Eu lhe disse que achava a decisão sábia e, claro, difícil de ser tomada. Ele concordou.

– Por que você mudou de ideia, Paul?

Ele me olhou e sorriu.

– Mesmo com todos esses diagramas, eu ainda não tinha entendido – respondeu ele, com um largo sorriso. – Puxa vida, aqueles caras estão bem.

A experiência tem me mostrado que ninguém escolhe submeter-se a uma cirurgia ou à quimioterapia. As pessoas optam pela vida e aceitam quaisquer que sejam os meios para preservá-la. Entretanto, essa opção nem sempre é apresentada de maneira clara e isso pode fazer toda a diferença. Em geral, não são os médicos que acabam nos mostrando tudo o que está em jogo e nos libertando para podermos tomar nossas decisões.

Lembro-me perfeitamente da noite anterior a uma das primeiras cirurgias a que fui submetida, um procedimento que levou oito horas e alterou o meu corpo para sempre. Naquela época eu tinha 27 anos e não estava casada. Tarde da noite, uma agradável senhora, auxiliar de enfermagem, veio ao meu quarto no hospital para raspar meu abdômen, preparando-me para a operação. Enquanto desempenhava sua humilde tarefa com grande habilidade, ela me perguntou sobre a cirurgia do dia seguinte. Tomada de ressentimento e autocomiseração, sentindo-me uma vítima do destino, contei a ela como tudo aconteceria e comecei a chorar. Ela ficou bastante surpresa.

– Como se sentiria se fossem fazer isso com você amanhã? – perguntei, com raiva.

Ela entendeu a minha pergunta no sentido literal e refletiu sobre o assunto. Então, batendo de leve no meu braço, respondeu:

– Se eu precisasse disso para poder viver, ficaria agradecida pela ajuda.

Essa resposta mudou tudo.

O caminho

Quando minha casa estava em obra, fiquei dividida entre duas maneiras de criar um acesso à porta principal. Uma envolvia a construção de um lance de escadas que saía da rua e se abria num caminho, levando direto à porta. No instante em que uma pessoa pusesse o pé no primeiro degrau, ela conseguiria ver a porta da frente e logo saberia para onde deveria se dirigir.

A outra forma era bem diferente. A pessoa atravessaria um portão e subiria um pequeno lance de escadas até um patamar. Um pouco além há uma lindíssima árvore, única visão de quem subisse os degraus. Somente ao chegar ao patamar a pessoa descobriria que ele se junta a uma pequena área contornada por um jardim de rosas. Passando por esse jardim, ela encontraria um novo lance de escadas, um tanto íngreme, seguindo para a direita. O degrau mais alto ficaria bem acima do nível dos olhos. Ao subir, não haveria nada especial para ver até que a pessoa alcançasse o alto da varanda. Ali, olhando para a direita, ela teria 90 quilômetros de uma estonteante vista da baía de São Francisco. Atravessando essa varanda, encontraria três degraus que seguiriam para a esquerda. Ao subi-los, um gramado, que é o meu quintal, apareceria inesperadamente. Dali avista-se o primoroso perfil do monte Tamalpais, a montanha mais alta do país. Só então seria possível ver a porta da frente, que agora estaria a poucos passos de distância. A pessoa estaria sempre se movendo em direção a ela, sem se dar conta.

Na luta para tomar uma decisão, consultei dois arquitetos e ambos me disseram que um dos princípios básicos da arquitetura relativa a entradas da frente é que desde o início as pessoas deveriam enxergar para onde estavam indo. Eles achavam que a incerteza da segunda alternativa traria uma sensação de desconforto aos que me visitassem pela primeira vez. Apesar de os dois profissionais terem tido a mesma opinião, escolhi o segundo caminho.

Hoje, quando penso nisso, tenho a impressão de que saber aonde estamos indo muitas vezes nos faz parar de ouvir e de pensar. Na verdade, quando sigo por um caminho tão direto, uma parte de mim corre até a porta da frente no instante em que a vejo e deixo de perceber o caminho que percorro.

Não saber aonde estamos indo cria alguma incerteza, mas alimenta o sentimento de estar vivo, a capacidade de apreciar os detalhes ao nosso redor. Somos despertados, da mesma maneira que acontece quando adoecemos. Fico com a segunda opção.

Na vida já tomei inúmeras atitudes visando atingir algum objetivo importante, para, com o tempo, acabar descobrindo que o lugar para onde as minhas escolhas me levaram é algo completamente diferente. Algo cuja existência eu ignorava quando iniciei o caminho.

A verdade é que estamos sempre nos movendo em direção ao mistério e, assim, ficamos muito mais próximos do que é real quando não vemos com clareza o nosso ponto de destino.

Uma questão de vida ou morte

Uma noite, quando eu tinha 16 anos, fui dormir no alojamento da faculdade e acordei seis meses depois numa cama de hospital, na cidade de Nova York. Minha doença revelara-se pela primeira vez da maneira mais insólita possível: sofri um forte sangramento intestinal que me fez mergulhar num longo estado de coma. Era o fim da minha vida como uma pessoa saudável e o início como uma pessoa portadora de uma doença crônica. Foi aí que conheci minha mãe.

Mamãe sempre passava várias horas do dia trabalhando. Era comum que eu só a visse quando ela chegava em casa tarde da noite, para me dar banho, ler uma história ou me dar um beijo de boa-noite. Lembro-me dela como uma figura fugaz na periferia de minha infância, que tinha um perfume gostoso e tomava conta de mim nos fins de semana.

Entretanto, nos seis meses em que fiquei em coma, a vida mudou para nós duas. Eu era a única filha de pais mais velhos e superprotetores. Os temores de meu pai eram alimentados pelos médicos. Eles diziam que, se eu me recuperasse do coma, viveria como uma inválida, com sérias limitações por conta de uma doença que eles ainda não compreendiam nem controlavam. Eu teria que ser submetida a uma série de cirurgias delicadas. E talvez não vivesse além dos 40 anos. Voltar à faculdade estaria fora de questão. Meu pai aceitou cada palavra, temendo por minha vida e acreditando no conhecimento dos médicos.

Mas aquela não era a ideia que eu fazia do meu futuro. Minha vontade de ser médica era arrebatadora e, tendo sido sempre uma criança mimada, eu estava acostumada a conseguir o que queria. Meu pai e eu tivemos uma série de discussões ferrenhas e eu me lembro muito bem da última delas. Estava deitada numa cama de hospital, com meu pai à minha esquerda e minha mãe à direita. Papai dominava a conversa, repetindo as palavras dos médicos mais uma vez. Quando eu, já irritada, afirmei que voltaria à faculdade apesar do que diziam os médicos, ele, mais irritado ainda, declarou que não me daria o dinheiro para pagar meus estudos. Foi então que, pela primeira vez, mamãe resolveu dizer o que pensava.

Embora fosse uma mulher profissionalmente independente, ela nascera na Rússia e, como a própria mãe, fora sempre submissa aos desejos do marido em todos os assuntos pessoais. Não me lembro de tê-la visto questionar qualquer decisão tomada por meu pai nem tomar uma decisão familiar sozinha. Agora, porém, tudo havia mudado.

– Eu pago a faculdade – disse ela, sem alteração na voz.

Papai ficou estupefato e a desafiou:

– E onde você vai arranjar dinheiro para isso?

Mamãe continuou a falar como se não o tivesse ouvido.

– Eu tenho um dinheiro guardado no banco há muitos anos – respondeu, sem mudar o tom de voz. E voltou-se para mim. – É todo seu.

Mamãe era enfermeira de saúde pública e tinha uma excelente formação. Vinte e quatro horas depois, ela assinou um termo de responsabilidade para me tirar do hospital, contra a recomendação dos médicos, e tomou um pequeno avião comigo de volta para a faculdade. Era o seu primeiro voo. Ela passou os seis meses seguintes comigo, levando-me para as salas de aula. Algumas vezes até empurrava uma cadeira de rodas quando eu estava fraca demais para andar, cuidando de mim até que eu fosse capaz de fazer tudo por mim mesma. Então, ela me deixou lá e voltou para casa.

Foram dois anos difíceis, pois eu ainda me sentia doente e sem forças. Não conseguia comer direito e estava 14 quilos abaixo do peso. As poderosas drogas que eu precisava tomar para controlar os sintomas haviam mudado radicalmente a minha aparência. Aos poucos, porém, fui descobrindo uma força que eu desconhecia e encontrei uma maneira de viver essa nova vida e seguir em frente.

Muitos anos depois, conversei com mamãe sobre esse período tão difícil e como ele foi importante. Lembrei a ela de nossos telefonemas diários e agradeci o seu apoio e a sua confiança. Não conseguia entender por que ela deixara sua filha única tomando conta de si mesma num momento em que a maioria dos pais teria corrido para proteger e mimar. Tinha sido arriscado. Como ela não teve medo?

– Eu temia por você – disse ela –, mas temia ainda mais pelos seus sonhos. Se eles morressem, essa doença dominaria a sua vida.

E assim ela me deu a chance de tentar, de avaliar se eu poderia me tornar uma médica. Minha mãe sentiu que se permitisse que outras pessoas escolhessem o tipo de vida que eu levaria, eu teria parado ali mesmo, amarga, sempre me perguntando se teria sido capaz.

– Há muitas formas de morrer, Rachel – disse-me ela.

Meus olhos encheram-se de lágrimas. Eu simplesmente não sabia.

– E se eu não tivesse conseguido, mãe?

– Se você não tivesse conseguido, teria descoberto por si mesma o que era real. Talvez com o tempo você aceitasse e sonhasse outra vez.

Amparar a vida no outro é, muitas vezes, algo complexo. Há momentos em que oferecemos nossa força e nossa proteção, mas a maior bênção que podemos oferecer ao outro é a crença que temos em sua luta pela liberdade, a coragem de apoiá-lo e acompanhá-lo quando ele descobre por si mesmo a força que irá se tornar o seu refúgio e o alicerce de sua vida. Acho que acreditar numa pessoa num momento em que ela não consegue acreditar em si mesma tem uma importância toda especial. É a nossa crença nessa pessoa que vai se tornar o seu bote salva-vidas.

O espelho

Devo ter sido o último recurso de Janet. Ela era bibliotecária e logo completaria 40 anos. Vivera sempre só e, se comparada com os padrões estéticos vigentes, poderia ser descrita como uma pessoa sem qualquer atrativo físico. Nos primeiros 20 minutos de nossa primeira sessão, ela me mostrou retratos de sua família. Suas irmãs e a mãe eram mulheres lindas.

Enquanto ela falava, analisei-a. Suas roupas não eram adequadas ao seu tipo físico, ela não usava adornos nem maquiagem, seus cabelos estavam presos, formando um rabo de cavalo na nuca. Seu traço mais bonito eram os olhos. Claros e acinzentados, estavam cheios de lágrimas.

Desde a infância, Janet tinha vergonha da própria aparência e era extremamente tímida. A reação das outras pessoas só reforçava o seu sentimento de inadequação. Na escola, as crianças debochavam dela. Quando se tornou adolescente, os colegas a evitavam. Sua família, embora leal, parecia estar sempre se desculpando por ela não ser bonita como as irmãs. Fazia muito tempo que ela desistira. Em toda a sua vida jamais tivera um relacionamento íntimo. Só se sentia à vontade em casa ou na biblioteca.

– Os bibliotecários são invisíveis – disse ela.

Passava os dias no trabalho e as noites em casa, em frente à televisão. Vivia assim havia muito tempo.

Naquele momento, à medida que seu aniversário se aproximava, ela entrou numa depressão profunda. Passei a vê-la uma vez por semana, perguntando a mim mesma se ela cometeria suicídio. Embora tenha lhe oferecido um lugar de aceitação e cuidado, Janet não foi curada por mim, mas por meus pacientes.

Sentada na sala de espera do meu consultório semana após semana, Janet começou a se mostrar sensível às pessoas que encontrava ali. É comum que meus pacientes não tenham cabelos, tenham perdido uma parte do corpo ou estejam muito doentes. Ela nunca havia estado com pessoas assim e ficou surpresa por sentir-se tão à vontade na presença delas. Apesar da timidez, depois de algum tempo Janet passou a conversar com os companheiros da sala de espera. Observou que, em geral, eles vinham acompanhados de pessoas que dirigiam para eles, faziam compras e os ajudavam de diversas formas. Após pensar um pouco sobre o assunto, ela me disse que se dispunha a ajudar se algum de meus pacientes não tivesse ninguém ou se a família precisasse.

E foi assim que Janet conheceu Will, um rapaz de 32 anos, lindíssimo, que se descobriu soropositivo cerca de um ano depois que seu companheiro foi diagnosticado com aids. Will cuidara dele durante a longa e progressiva doença, até o dia de sua morte. Com o passar do tempo, ele começou a apresentar os sintomas da doença e precisou de ajuda.

No início, Janet levava Will e outros pacientes de carro até o consultório dos médicos. Porém, a maioria tinha algum parente e Will era sozinho. Com o tempo, ela começou a fazer compras para ele. Preparava comida extra em casa, congelava e levava para que Will jantasse. Tornaram-se amigos. Quando ele começou a piorar, os pais passaram a viajar para vê-lo com mais frequência. Estive com eles e tivemos algumas sessões com Will. Formavam uma família unida e conseguiram dar apoio real ao filho. Janet também os conheceu e gostou deles. Eram boas pessoas, como Will.

Um ano se passou e Will piorou. Os pais queriam que ele voltasse para a casa deles, mas Will se recusou, pois vivera na Califórnia durante muitos anos e queria continuar ali. Inscreveu-se para receber em casa os cuidados apropriados aos que estão morrendo, mas descobriu que não seria possível, pois vivia sozinho e não tinha ninguém a quem recorrer. Janet conversou comigo sobre isso em uma de nossas sessões. Ficamos algum tempo sentadas, olhando uma para a outra. Então, iniciamos um diálogo de poucas palavras e longos intervalos de silêncio.

– É muita responsabilidade – comentei.

– É verdade – respondeu Janet. – Estou acostumada a fazer as coisas do meu jeito, na minha própria casa – considerou ela.

– É mesmo.

– E tenho um emprego de horário integral – pontuou ela.

– Tem, sim – respondi. – E ele vai morrer – acrescentei.

Os olhos de Janet encheram-se de lágrimas.

– Vai mesmo, Rachel – disse ela, em voz baixa.

Após alguns dias de reflexão, Janet mudou-se para a casa do amigo.

Will morreu na primavera. Quando eu soube, telefonei para Janet. A mensagem na secretária eletrônica dizia que ela estava fora da cidade. Fiquei preocupada, me perguntando se ela seria capaz de lidar com a situação. Sua depressão melhorara nos últimos meses, mas eu sabia que a morte de Will seria um grande golpe.

Algumas semanas depois, quando Janet veio me ver, ela me contou que estivera na casa dos pais de Will e que assistira ao seu funeral. Enquanto ela descrevia os eventos que antecederam a morte, eu a observava, tentando descobrir por que ela parecia tão diferente. Fiquei surpresa ao perceber que estava usando batom.

Quando comentei sobre isso, ela desviou o olhar. Tive a impressão de que seu rosto ficou vermelho.

Ainda olhando para o outro lado, ela me contou que aconteceu um pouco antes de Will morrer. Ele estava muito fraco e ficava na cama quase todo o tempo. Naquela manhã, ele não estava muito bem e ela telefonou da biblioteca várias vezes durante o dia, angustiada pelo fato de Will estar sozinho.

Quando voltou para casa, subiu as escadas correndo, carregada de compras. Abriu a porta e gritou o nome de Will para que ele a ouvisse do quarto. Mas ele estava sentado na sala, de terno e gravata, esperando por ela. As roupas ainda lhe caíam com elegância, mas pareciam ter sido compradas para uma pessoa muito maior. Os cabelos estavam bem penteados, a barba feita. Ela ficou imaginando o imenso esforço que tudo aquilo devia ter exigido.

Perplexa, Janet perguntou por que ele estava vestido daquela maneira. Will olhou para ela durante um longo tempo. Então, ele se apoiou no sofá, dobrou o corpo sobre um dos joelhos e a pediu em casamento. Janet colocou as compras no chão e o ajudou a se levantar. Abraçando-o pela primeira vez, disse-lhe como ele era importante em sua vida.

Olhei para ela em silêncio. Os olhos de Janet encontraram os meus. Ela ainda estava corada.

– No meu coração, eu me casei com Will – revelou. – Ele vai estar aqui comigo para sempre.

A roupa nova do imperador

Timmy levou mais de um ano para morrer de leucemia. Aos 5 anos, desorientado pela dor e pela fraqueza, ele parou de falar e apenas segurava com força, dia e noite, a mão de um dos pais. Depois de sua morte, os pais ficaram inconsoláveis. Preocupada, uma amiga sugeriu que eles fossem até um centro de saúde mental próximo de sua casa que oferecia orientação espiritual e mantinha grupos de apoio aos que sofriam.

Sem saber mais como ajudar a si mesmos, eles concordaram. Foram recebidos por uma mulher que, de braços abertos, perguntou se eles eram David e Debra. Quando responderam que sim, ela se apresentou como a líder do grupo e disse-lhes que tinha ouvido falar da morte de Timmy.

– Se vocês conseguirem vê-la pelo lado espiritual, essa perda será uma das mais belas experiências de suas vidas.

Debra é uma pessoa sagaz e direta. Enquanto o marido ficou parado, boquiaberto, ela encarou a mulher e disse:

– A senhora está *louca*?

Pegou o perplexo marido pela mão, virou as costas e foi embora.

Amparar a vida costuma requerer que aceitemos e experimentemos a perda. Não há dúvida de que uma grande perda pode ter um significado mais profundo, chegando até a transformar os que são tocados por seu extraordinário poder.

Mas é tolo pensar que o crescimento espiritual seja capaz de remover a perda da mesma maneira que a aspirina remove a dor. O despertar espiritual não modifica a vida – modifica o sofrimento. Os zen-budistas dizem: "Antes da iluminação, corte madeira e carregue água. Depois da iluminação, corte madeira e carregue água." A perda é a mesma. Somente o significado muda. À medida que o significado se expande, o sofrimento pode diminuir, mas a perda dura para sempre.

Lembro-me da cerimônia religiosa em memória de Timmy, ao qual compareceram algumas centenas de pessoas chocadas e tristes. O pastor protestante que falou não era muito mais velho do que os pais de Timmy e também era pai de um menino. Ele não nos disse que aquela era uma experiência maravilhosa. Em vez disso, chamou nossa atenção para a dor que inundava aquela sala, encorajando-nos a permitir que ela tocasse cada um de nós de uma maneira própria e a ter consciência de que não estamos sozinhos ao sentir o seu toque.

A dor nos ajudaria a amar nossos filhos. Ela nos faria lembrar de amarmos uns aos outros. O pastor nos disse que Timmy era insubstituível. O que é importante nunca será substituído. Ele nos lembrou que a vida em cada um de nós é única. Então, falou sobre o Mistério. Por que uma criança deveria sofrer e morrer? Pediu que ouvíssemos as perguntas que a morte de Timmy plantara em nosso coração. Deus existe? A vida tem algum propósito? O amor dura para sempre? Ele é importante?

O pastor nos incentivou a guardar essas questões, a dialogar sobre elas com os outros, a avaliar a partir delas todos os acontecimentos. Essas questões nos ajudariam a nos aproximar da vida, a conhecê-la mais intimamente. Diante daquela plateia silenciosa, com os olhos marejados, o pastor perguntou a si mesmo, em voz alta, se essa não seria a verdadeira sabedoria.

Fiquei sentada ali sentindo uma imensa dor, e uma estranha pergunta misturou-se aos meus pensamentos. Não era o tipo de questão que favoreceria uma tese de doutorado ou que poderia tornar-se o foco de uma pesquisa científica, pois tais questões precisam ter respostas. Era do tipo que meu avô faria, aquela que é em si mesma uma fonte de energia. Teria a vida algum propósito indecifrável? Naquele momento, um profundo silêncio envolveu essa pergunta. Ainda há um silêncio ao seu redor. Entretanto, ela tem me permitido trabalhar, ano após ano, com pessoas que sofrem de câncer e, mesmo assim, amar a vida.

Maioridade

Lembro-me de ter lido, num livro sobre psicologia do desenvolvimento, que somente um pai ou uma mãe podem outorgar a maioridade a um filho. Na época, não entendi direito o sentido dessas palavras. Hoje, acho que compreendo. Existe uma confirmação que só pode vir daqueles que nos deram a vida, que nos conhecem desde que nascemos. Mesmo quando estamos mais velhos, o poder dos pais em conceder essa confirmação não diminui. É um poder que beira o místico.

Minha mãe era uma mulher muito autêntica. Profissionalmente, era uma contestadora. Seu maior interesse era o cuidado com bebês, e ela foi uma das pioneiras a reconhecer e respeitar a sabedoria inata das mães. Naquele tempo, essa era uma ideia vista com desconfiança pelos pediatras. Esses profissionais eram tão orgulhosos de sua nova ciência e tecnologia que, no meio do século, quase 75 por cento dos bebês nos Estados Unidos eram alimentados por mamadeira. Minha mãe tinha uma maneira direta de se expressar, e isso fazia com que ela fosse vista com desconfiança.

Acredito que sei o exato momento em que me senti de fato adulta. Aconteceu num lugar público, na presença de um grande número de pessoas. Todavia, foi um momento bastante pessoal que ninguém testemunhou.

Eu era uma das duas mulheres entre vários homens convidados para falar numa conferência cujo tema era "O Poder da Imaginação" – um encontro pioneiro, com um dia de duração, sobre a relação entre as saúdes da mente e do corpo. Foi em 1984, quando essas ideias eram bastante novas e pouco aceitas na comunidade médica. Entre as mil pessoas da plateia, poucas eram médicas.

Nessa ocasião, minha mãe já era idosa e estava bastante doente. Dois dias antes da conferência, uma amiga me perguntou se eu planejava convidá-la. Surpresa, respondi que não havia pensado nisso, pois mamãe não se interessava pelo assunto. Minha amiga, que é japonesa e tem uma percepção mais refinada do que a minha, insistiu:

– É claro que não, Rachel. Mas ela se interessa por você.

Refleti um pouco e me dei conta de que minha mãe nunca havia me visto falar em público. Pensei nas dificuldades para levá-la até o auditório e no que aconteceria se ela tivesse um de seus frequentes problemas cardíacos enquanto eu estivesse falando. Foi um pensamento assustador, e eu me senti tentada a esquecer a sugestão de minha amiga. Mas, por uma questão de justiça, perguntei a minha mãe se ela queria ir. Ela aceitou com entusiasmo.

Chegamos ao saguão com duas horas de antecedência. O problema cardíaco não a deixava andar longas distâncias sem descansar. Levei um bom tempo para conseguir acomodá-la no auditório vazio. Escolhemos uma cadeira no meio da décima fila. Quando o auditório começou a ficar cheio e eu me sentei no palco com os outros participantes, vi que ela abriu a bolsa e pegou alguns comprimidos. Senti um aperto no peito.

Quando chegou a minha vez de falar, expliquei qual era a diferença entre remediar e curar e falei sobre a nova técnica de imagens guiadas que ampliava a capacidade do ser humano de curar a si mesmo. Disse que a medicina que não reconhecia esse poder inato nas pessoas cometia um erro crucial. Essas ideias eram controvertidas na época. Para comprová-las, contei várias histórias colhidas na minha prática médica. Quase no final, arrisquei um olhar para minha mãe. Ela ouvia com muita atenção. Parecia estar bem. Fiquei aliviada.

Quando terminei de falar, houve um completo silêncio. Eu já esperava por isso, pois na semana anterior muitos médicos de um hospital de São Francisco, ofendidos por essas mesmas ideias, retiraram-se antes do final das sessões clínicas das quais participei. Mas aquela plateia não era só de médicos. De repente, ouvi aplausos e muitas pessoas chegaram a se levantar, entusiasmadas. Fiquei aturdida.

Somente uma mulher na décima fila permanecia sentada. Seus braços estavam cruzados e havia um leve sorriso em seus lábios. Continuamos a olhar uma para a outra até que seus olhos se fecharam e ela fez um sinal com a cabeça duas vezes, lentamente. Jamais recebi qualquer reconhecimento igual a esse. Até hoje extraio dele uma grande força. Cinco meses depois desse dia, minha mãe estava morta.

VI

Restaurando o mundo

Quando estamos no limite da vida, nossa visão se torna diferente e muito mais clara. Doenças que ameaçam nossa existência muitas vezes nos levam a questionar aquilo que aceitamos como imutável. Valores que a família passou de geração em geração podem ser considerados insatisfatórios, crenças sobre capacidades pessoais ou sobre o que é importante podem ser mudadas. É surpreendente a simplicidade que tudo adquire quando a vida é reduzida à sua essência básica. Cada vez menos coisas importam, e as que de fato importam adquirem uma dimensão muito maior. Como médica de pessoas que sofrem de câncer, caminhei pela beira da praia da vida apanhando essa sabedoria como se fossem conchas.

Um de meus pacientes, que sobreviveu a quatro grandes cirurgias em cinco semanas, descreveu a si mesmo como "renascido". Quando conversamos, ele me disse que essa experiência havia desafiado todas as ideias que ele tinha a respeito da vida. Tudo o que ele pensava ser verdade não resistiu aos terríveis acontecimentos daquelas semanas. Ele foi despido de tudo o que sabia, ficando apenas com a inabalável convicção de que a vida é sagrada. Essa descoberta o amparou com mais eficiência do que o múltiplo e complexo sistema de crenças e valores que alicerçavam a sua vida até então. Nas profundezas da mais absoluta vulnerabilidade, ele descobriu que não vivemos por opção, mas por graça. E descobriu, também, que a vida é uma bênção.

Alguns daqueles que tiveram uma experiência de quase morte, que puseram o pé do outro lado da borda e voltaram, descobriram algo mais. Essa experiência lhes revelou que cada vida está a serviço de um propósito. Estamos aqui para crescer em sabedoria e aprender a amar melhor. Apesar de haver incontáveis e diferentes formas de viver, cada um tem um caminho espiritual.

Essas ideias têm o poder de mudar a visão que temos de nós mesmos e do mundo.

No interior de tudo e de todos há uma centelha divina. O propósito da vida humana é descobri-la e restaurar o mundo. Todas as pessoas e os objetos que encontramos são conchas ou invólucros que guardam uma centelha oculta de santidade. E nossa função é ajudar a libertá-la.

Nós restauramos a santidade do mundo pelo nosso amor sincero e por nossa solidariedade. Todos participam. É uma tarefa coletiva. Cada ato de amor sincero, seja ele grande ou pequeno, restaura o mundo. Desde o início dos tempos, todos os que viveram participaram desse trabalho, e tudo na vida nos apresenta essa possibilidade. Essa perspectiva dá maior significado à nossa luta e aprofunda a nossa alegria.

Meu avô me falou sobre isso quando eu era muito pequena:

– Precisamos nos lembrar de abençoar a vida ao nosso redor e dentro de nós, Neshumele. Quando abençoamos os outros, libertamos a bondade que está dentro deles e dentro de nós mesmos. Quando abençoamos a vida, restauramos o mundo.

Como socialistas, meus pais acreditavam no trabalho para o bem comum. Meu avô, porém, me ensinou que abençoamos a vida porque ela é sagrada, e porque nós também o somos.

Parece que os problemas do mundo são sempre grandes e esmagadores e que há limites para o que somos capazes de fazer como indivíduos ou mesmo como parte de um grupo. Isso às vezes é bastante desencorajador. Mas tenho certeza de que os pequenos atos de cada um de nós têm o poder de curar o mundo.

Talvez nosso maior serviço seja apenas encontrar caminhos para fortalecer nossa bondade e nos aproximar dela. Isso não é nada fácil. Requer uma atenção diária, uma consciência de tudo o que nos torna menores, nos distrai e nos faz esquecer quem somos. Cada ato de servir, porém, é testemunha da possibilidade de liberdade para todos nós. Cada vez que nos tornamos mais transparentes à nossa própria luz, restauramos a luz do mundo.

Ascendência

Assim como a santidade, o ato de servir não é uma característica de determinada religião. Muitos dos que servem a vida não têm uma religião formal. Vários outros seguem uma das muitas tradições religiosas que existem sobre a face da Terra. Todos são bênçãos para a vida.

Quando minha mãe tinha cerca de 60 anos, um de seus sobrinhos foi ordenado padre. Lembro-me de ter acompanhado minha mãe à ordenação dele. A missa e o ritual, que levaram mais de duas horas, foram falados em latim. Num certo momento, meu primo e os outros rapazes ajoelharam-se e deitaram-se no chão diante da cruz do altar-mor.

Troquei olhares com minha mãe. Neta, sobrinha-neta e filha de rabinos ortodoxos, ela havia crescido num gueto na Rússia. Durante a adolescência, costumavam escurecer seu rosto e deixar seus cabelos bem curtos para torná-la pouco atraente aos olhos dos jovens soldados cossacos. Ela fugiu da Rússia com a família quando ainda era menina, antes dos primeiros ataques contra os judeus. Minha mãe testemunhou e até sofreu na pele o antissemitismo. Sua expressão era indecifrável. Fiquei me perguntando o que estaria se passando em sua mente.

Mais tarde, quando saímos da igreja, perguntei o que ela achara de tudo aquilo. Ela sorriu com verdadeiro prazer.

– Não é maravilhoso que, nos dias de hoje, um jovem escolha dedicar a vida ao serviço de Deus? Meu pai ficaria muito orgulhoso.

Demos alguns passos em silêncio e então ela olhou para mim e prosseguiu:

– Você também dedica. Deve estar no nosso sangue.

Perplexa, olhei para minha mãe. Mas ela não tinha mais nada a acrescentar.

Hoje, com quase a mesma idade que minha mãe tinha na ocasião, acho que compreendo. Existem muitas maneiras de acolher o movimento do outro em direção à sua integridade. Todas elas são sagradas.

Além das palavras

– Como é difícil ser jovem – disse-me o padre O'Shea.
Dei uma gargalhada e perguntei o que ele queria dizer. Com os olhos brilhando, ele me falou sobre o primeiro paciente que foi ver como capelão do hospital. Muito jovem e desesperado para ser útil, ele fora visitar uma mulher que seria submetida a uma grande cirurgia na manhã seguinte. Ela estava deitada, tensa, tomada de ansiedade. Mal ele puxou a cadeira, ela foi dizendo:
– Padre, tenho certeza de que vou morrer amanhã.
Nada em sua formação o havia preparado para isso, e ele se viu sem ter a mínima ideia do que responder. Para disfarçar seu constrangimento, pegou a mão da paciente. Ela começou a falar. Ainda segurando sua mão, sem prestar muita atenção no que ela dizia, ele procurou lembrar-se de algumas das importantes palavras de conforto de sua tradição, as palavras de Merton, de Teresa de Ávila, de Jesus. Ele as sabia perfeitamente quando entrou no quarto, mas agora elas haviam desaparecido de sua mente.
A mulher continuou a falar e até chorou um pouco. Ele se emocionou com o medo que ela manifestava. Quando ela enfim fechou os olhos, padre O'Shea aproveitou a oportunidade para pedir a Deus que lhe enviasse as palavras de que tanto precisava. Mas não encontrou nenhuma. No final, ela

acabou adormecendo e ele foi embora derrotado, convencido de que não tinha aptidão para ser padre. Passou o resto do dia e quase toda a noite numa torturante avaliação de suas falhas e de sua vocação. Sentiu-se envergonhado demais para visitá-la outra vez.

Algumas semanas depois, a mulher lhe enviou um bilhete agradecendo por tudo o que ele havia feito durante a visita, principalmente pelas palavras maravilhosas que lhe dissera, oferecendo-lhe conforto e sabedoria. Ela jamais as esqueceria. E citou um pouco do que o ouvira dizer.

Padre O'Shea começou a rir. Eu o acompanhei.

– Foi há muito tempo! – exclamou. – Graças a Deus jamais seremos tão jovens outra vez. – Parou por um instante para enxugar os olhos. Depois prosseguiu: – Vou lhe dizer uma coisa, Rachel. Com o passar dos anos, aprendi que, quando rezo para conseguir ser útil a alguém, às vezes Deus diz "sim" e às vezes diz "não", mas muitas vezes Ele diz: "Afaste-se, Patrick. Pode deixar que Eu mesmo resolvo."

O último paciente

Conheci Delia na sala de emergência quando ela estava sendo presa pela polícia. Duas horas antes, ela trouxera Teejay, seu filho de 3 semanas, ao hospital com febre. O médico residente que atendeu a criança naquela noite ficou impressionado com o seu pequeno tamanho e observou vários hematomas em seu corpo. A mãe de Teejay era muito jovem, solteira, e dependia da ajuda do governo para viver. O residente desconfiou de que a criança estava sofrendo maus-tratos e, sob o pretexto de esperar pelo resultado de alguns exames, manteve mãe e filho na sala de emergência e chamou as autoridades competentes.

Envolvi-me no caso porque eu era a responsável por todos os atendimentos pediátricos daquele mês. Quando cheguei à sala de emergência, Teejay estava para ser admitido no hospital sob uma ordem de proteção. Encontrei os policiais na entrada da sala de exames e insisti em examinar o bebê antes que levassem a mãe. Apesar de relutarem, eles concordaram.

Delia tinha 14 anos quando descobriu que estava grávida e abandonou a escola. Parada naquela sala de emergência, ela me olhava com desespero. Segurava o bebê no colo com toda a força. Pedi que ela o despisse e fiquei observando a maneira como lidava com o filho. Suas mãos, cobertas de tatuagens, eram gentis e amorosas. Ela colocou o bebê nu sobre a mesa e o cobriu com uma pequenina manta de lã. Teejay era minúsculo e magérrimo. Parecia desidratado. Fiquei preocupada e comecei a fazer perguntas à mãe sobre os cuidados dispensados a ele. Vacilante, ela me disse que o bebê se alimentava com voracidade mas vomitava tudo o que engolia. Contou que ele chorava muito e que era difícil acalmá-lo.

Olhei para o residente, de braços cruzados, encostado na parede.

– Você pensou em estenose pilórica? – perguntei, sugerindo a possibilidade de um espessamento do intestino na saída do estômago, causa comum de vômitos persistentes e da falta de desenvolvimento do recém-nascido.

Ele disse que não. Com apenas um dedo, examinei a minúscula barriga da criança. Logo abaixo do osso do tórax, na área do piloro, havia um pequeno volume do tamanho de uma azeitona, o sinal clássico da estenose.

– O que o faz pensar que esse bebê vem sofrendo maus-tratos? – perguntei.

– Ele só tem três semanas e pesa menos do que quando nasceu – respondeu ele com alguma irritação. – E está coberto de hematomas.

Dando um passo à frente, ele virou Teejay de barriga para baixo. Nos ombros e na base da coluna viam-se várias manchas azuladas. Eram as marcas típicas encontradas em 70 a 80 por cento dos recém-nascidos de pele escura.

As radiografias confirmaram o diagnóstico de estenose pilórica. A polícia foi dispensada, Teejay foi admitido no hospital e sua cirurgia foi marcada. Depois disso, sentei-me com a mãe e pedi desculpas pelo que havia ocorrido.

– Não tem problema, não, doutora – disse ela. – Eles não acreditam. Eles nunca acreditam.

Meu coração doeu.

Acompanhei Teejay e Delia durante um ano e meio no meu consultório. Teejay foi o meu último paciente antes que eu abandonasse a pediatria, em 1976. Nas horas que antecederam sua derradeira visita, esvaziei minha escrivaninha e despachei as caixas com a mudança. Durante todo o tempo eu me questionava se estava agindo certo ao jogar fora toda uma carreira como pediatra para perseguir o sonho de um tipo diferente de medicina. Em todos aqueles anos eu trabalhara como pediatra, envolvendo-me na vida de milhares de crianças. Será que ainda voltaria a cuidar delas? Não tinha ideia se faria.

A enfermeira avisou-me que Teejay e sua mãe estavam me esperando. Fui vê-los sentindo um peso enorme no coração. Teejay agora era um menino adorável que já dava os primeiros passos. Assim que me viu, deu uns gritinhos e abriu os braços para que eu o abraçasse. Examinei-o e mais uma vez me senti tomada pela dúvida. Eu amava os meus pequenos pacientes. Como poderia não ser mais pediatra? Quase a metade de minha vida fora dedicada à formação para esse trabalho e agora eu não tinha ideia do que aconteceria ou para onde iria.

Depois de algum tempo, enquanto conversávamos, Delia perguntou como eu estava me sentindo. Ela sabia que era o meu último dia de trabalho. Nos últimos meses tínhamos conversado várias vezes sobre a minha saída. Ela apoiou a minha ideia de que a medicina precisava mudar e de que devemos encontrar maneiras de cuidar não só do corpo como também da alma e do coração dos pacientes, maneiras de fortalecer a capacidade das pessoas de curarem a si mesmas. Antes eu tinha absoluta certeza de estar tomando a decisão certa, porém, agora que o momento havia chegado, sentia muito medo.

– Delia, talvez Teejay seja o meu último paciente.

A perspectiva de não estar mais com as crianças me fez ficar com os olhos cheios de lágrimas. Com delicadeza, Delia pousou a mão sobre a minha. Ela me fez lembrar a terrível noite em que nos conhecemos, de como ninguém a ouvira, ninguém acreditara nela, e de como o bebê quase fora arrancado de seus braços.

— Este hospital é doente — comentou ela. — Não vê, não ouve, não tem alma, não tem coração. São todos assim. Você pode parar de atender às crianças, mas ainda é médica. Só que agora vai cuidar de pacientes grandes.

Ela desviou o olhar por alguns instantes. Depois disse baixinho:

— Vou rezar por você. Você trabalha para o Homem Lá de Cima e Ele vai tomar conta de você. Não precisa se preocupar. Ele vai levar você para onde tem que ir.

Delia tirou a corrente com uma cruz de ouro que trazia no pescoço e a colocou ao redor do meu.

Mistério

Quando ouvi a palavra Mistério pela primeira vez, não entendi o que queria dizer. Como ávida leitora de histórias de mistério, achava que alguma coisa só é misteriosa quando ainda não encontraram explicação para ela. Mas mistério é diferente de Mistério. Devido à própria natureza, o Mistério nunca pode ser solucionado ou decifrado. Ele só pode ser vivido.

Nós não fomos educados para cultivar um senso de Mistério e chegamos a considerar o desconhecido como um insulto à nossa competência, um fracasso pessoal, um desafio à ação. Mas o Mistério não requer ação e sim atenção. Ele exige que as pessoas ouçam e permaneçam abertas. Quando entendemos o Mistério dessa forma, conseguimos ser tocados por uma sabedoria capaz de transformar nossa vida.

O Mistério tem um enorme poder. Nesses muitos anos de trabalho com pacientes que sofrem de câncer, vi o Mistério confortar pessoas quando nada mais era capaz de fazê-lo, oferecer esperança quando isso parecia impossível. Vi o Mistério curar medos que, de outra forma, seriam incuráveis. Por muitos anos, tenho observado pessoas que em seu confronto com o desconhecido recuperam a reverência, o assombro, a alegria e o vigor. Elas descobrem que a vida é sagrada e reforçam essa convicção em mim. Ao perdermos o nosso senso de Mistério, nós nos tornamos seres menores.

Quem tem a capacidade de se sentir surpreso e admirado mantém a própria dimensão.

Talvez a sabedoria real esteja em não buscar respostas. Qualquer resposta que encontremos não será verdadeira por muito tempo. Após todos esses anos, começo a pensar que o segredo de viver bem não é ter todas as respostas, mas perseguir, em boa companhia, as questões que não podem ser respondidas.

Mary

O filho de Mary veio passar em casa a semana de férias da universidade. Sentia-se cansado e estava pálido, perdera a vitalidade. Preocupada, ela o levou ao médico, que diagnosticou uma forma rara de câncer. Era incurável.

Quando Mary soube do diagnóstico, o filho já voltara para a faculdade. Ela subiu os degraus da entrada, abriu a porta com força e uivou com todas as forças. Gritando de revolta, correu de quarto em quarto abrindo as janelas com ímpeto e dando socos no ar. O marido tentou, em vão, acalmá-la. Assustado, ele telefonou para um terapeuta que vinham consultando juntos e correu com o telefone até o quarto onde Mary gritava diante da janela aberta.

– Mary, Mary, o terapeuta está ao telefone!

Ao ouvir isso, ela avançou sobre o marido, gritando:

– O terapeuta? O terapeuta? Fale você com o terapeuta, Harry. Eu vou falar com Deus.

Mary precisou de toda a sua raiva, sua força de vontade e sua vitalidade para atravessar os 14 meses que se seguiram. Com a ajuda das quatro filhas, ela levou o rapaz a quem quer que pudesse ajudar. Tentaram de tudo, mas o câncer avançou com fúria, transformando-o numa sombra de si mesmo, até que ele morreu nos braços da mãe. Tinha apenas 20 anos. Todo aquele amor materno não fora capaz de salvá-lo. Mary sentiu que sua vida se fora com o filho. Passou meses entorpecida. Inconsolável.

Dois anos mais tarde, Mary foi com o irmão a uma igreja católica que nunca visitara. Sem conseguir rezar, ela caminhou sem destino pela nave até parar em frente a uma imagem da Virgem Maria. De repente, a dor que estava congelada em seu coração encontrou palavras e ela perguntou em voz alta:

– Como a senhora conseguiu, Maria? Como conseguiu renunciar a seu filho? Como conseguiu encontrar uma maneira de continuar vivendo depois que ele morreu? Onde descobriu alguma esperança de conforto?

Com lágrimas descendo pelo rosto, ela disse à Virgem que sempre fora uma boa pessoa, uma boa mãe.

– Por quê? – inquiriu. – Por quê?

Que razão poderia haver para uma pessoa tão cheia de vida, tão nova, tão brilhante, sofrer e morrer? Mary sabia, sem sombra de dúvida, que jamais superaria aquela perda. Ainda chorando, ela contou à Virgem como o filho era jovem, como ele se esquecia de comer, como não sabia lavar as próprias roupas direito.

– Ele precisava de uma mãe – disse, às lágrimas. – Ele ainda precisa de uma mãe. Não consigo compreender, mas entrego-o aos seus cuidados.

Virou-se de costas e saiu da igreja.

Um ou dois dias depois, enquanto dirigia para o trabalho, Mary surpreendeu-se ao perceber que estava cantarolando um antigo hino de louvor sobre o consolo. Com o passar do tempo, devagarinho, ela foi conseguindo aliviar seu coração.

Fiquei perplexa com a força dessa história, impressionada com a intensidade do amor de Mary pelo filho e da dor pela sua perda. Não consegui dizer nada. Mary olhou para mim e sorriu:

– E o Mistério, Rachel? O Mistério é que é possível ser reconfortada.

Recentemente Mary me escreveu para contar que duas de suas filhas estão grávidas. Na próxima primavera, uma delas trará ao mundo um menino, seu primeiro neto.

A presença de Deus

Eu e meu avô tivemos inúmeras discussões sobre os ensinamentos e os princípios do judaísmo, mas só me lembro de uma desavença. Tinha algo a ver com a natureza do *minian*. A ideia do *minian* é básica na vida espiritual dos judeus. Embora seja possível rezar a qualquer hora, um serviço oficial só pode acontecer se houver pelo menos dez homens presentes. Esse grupo de dez homens é chamado *minian*.

– Por quê, vovô? – indaguei, sem compreender.

Pacientemente, ele me explicou a lei. Acredita-se que, sempre que dez homens adultos estão juntos em nome de Deus, Ele também está presente.

Qualquer cômodo pode se tornar um lugar sagrado, próprio para a realização dos sacramentos religiosos. Depois de 5 mil anos de perseguições e desabrigo, era bom estar sempre prevenido. O santuário tinha que ser portátil.

Fiquei fascinada. Meu avô me disse que essa lei é tão importante que homens costumam ser chamados à sinagoga quando há menos de dez para rezar por um morto, inscrever um bebê no livro da vida ou realizar um dos muitos rituais que nos lembram que a vida é sagrada e reforçam a ligação do homem com Deus. Na Rússia, ele chegou até a ir à rua uma ou duas vezes para convocar qualquer judeu que estivesse passando, um desconhecido, e assim completar o número exigido. Esse é um convite irrecusável por ser considerado um dever.

– Mas por que só homens, vovô?

Ele hesitou e, então, respondeu devagar:

– A lei diz que são dez homens.

Esperei que complementasse a explicação, mas ele não disse mais nada.

– Deus não está presente quando dez mulheres se juntam? – insisti.

Quando lembro disso, penso que deve ter sido um momento difícil para meu avô.

– A lei não fala nada sobre isso, Neshumele. Tem sido sempre assim, desde o início.

Fiquei estarrecida.

– Se uma coisa é antiga, ela tem sempre que ser verdade?

– É claro que não.

– Então eu acho que Deus também está presente quando dez mulheres se juntam – afirmei, categórica.

Vovô fez que não com a cabeça.

– Não é o que a lei diz.

Jamais havíamos discordado antes e fiquei um tanto abalada, mas vovô parecia à vontade com a distância que separava as nossas crenças. Nunca mais discutimos o assunto e pensei que ele havia esquecido.

Poucos anos depois, ele ficou muito doente. Nos meses que antecederam sua morte, só me deixavam passar pouco tempo ao lado dele para que eu não o cansasse. Eu tinha quase 7 anos e estava orgulhosa por ter sido alfabetizada. Costumava pegar os livros de vovô e ler para ele ou, então, ficávamos apenas sentados juntos sem dizer nada. Algumas vezes, enquanto ele dormia, eu pegava sua mão. Um dia, após um cochilo, vovô abriu os olhos e passou um longo tempo olhando para mim com um amor imenso.

– Você sozinha já é um *minian*, Neshumele – disse-me ele.

A verdadeira história

Quando eu era pequena, a minha família considerava um escândalo a falta de uma prática religiosa por parte de meus pais. Uma vez me convidaram para passar um Seder na casa de um de meus parentes que achava que eu precisava ter mais contato com o modo de vida ditado pela minha religião.

O Seder é um jantar preparado de forma bastante minuciosa para celebrar o feriado de Pessach, a Páscoa dos judeus. Meu primeiro Seder não foi uma boa experiência. As orações e leituras das histórias de Pessach foram todas em hebraico, uma língua que eu não entendia. A cerimônia arrastou-se por várias horas e ninguém tinha permissão para comer enquanto não chegássemos ao último amém. Eu deveria ficar sentada, pacientemente, sem qualquer explicação, durante toda a cerimônia. Eram nove horas quando o caldo de galinha foi servido e eu já estava aos prantos.

– Nunca mais volto lá – falei para o meu avô. – Odeio o Pessach. Odeio aquela história idiota.

Então, vovô resolveu me contar a própria versão da história de Pessach. Era assim:

Há milhares e milhares de anos, o povo judeu vivia como escravo no Egito. Como acontecia a qualquer escravo, os judeus sofriam muito e tinham um sonho de liberdade. Seu líder, Moisés, falou com Deus sobre esse sonho e os terríveis sofrimentos que o povo passava, e Deus o encorajou a ir até o faraó, o rei do Egito, para pedir-lhe que deixasse o povo judeu partir. Como era de esperar, o faraó não permitiu.

Desanimado, Moisés foi pedir ajuda a Deus. Diante da dureza do coração do faraó, Deus enviou a ele um grande sofrimento por meio de uma praga.

– O sofrimento tem um enorme poder de amolecer o coração.

Mas o faraó não concordou em libertar os escravos.

Deus mandou outra praga. E mais outra. Mas o coração do faraó estava endurecido para o sofrimento tanto dos judeus quanto do próprio povo. Ele fazia promessas a Moisés, mas voltava atrás. Por fim, Deus enviou o anjo da morte para que levasse com ele o primogênito de todas as famílias egípcias. Esse castigo foi duro demais, até para o coração do faraó, que disse a Moisés que os judeus estavam livres para partir.

– Este é o fim da história, vovô? – indaguei.

– Não – disse ele, com doçura. – Na verdade, é apenas o começo.

Fiquei satisfeita. A história contada no Seder fora tão demorada que eu tinha certeza de que a história de meu avô não poderia ter acabado tão depressa.

– O que aconteceu depois, vovô?

Ele sorriu ao perceber minha impaciência.

– Bem, Moisés levou ao povo a notícia de que estavam livres.

– E todos ficaram muito alegres?

– Não, Neshumele. Eles não ficaram alegres. Disseram a Moisés que não queriam partir. Fizeram várias perguntas. Para onde iriam? Quem lhes daria alimento? Onde dormiriam? Moisés ficou muito surpreso. Ele não tinha resposta para nenhuma daquelas perguntas e não sabia o que fazer. Como poderia dizer a Deus que seu povo não queria ir depois de tudo o que Ele fizera para que a liberdade fosse possível?

Eu também fiquei surpresa.

– Mas eles estavam sofrendo, vovô. Por que não quiseram ir embora?

Meu avô mostrou-se triste.

– Porque eles sabiam como sofrer. Sofreram durante muito tempo e estavam acostumados ao sofrimento. Mas não sabiam como ser livres. Quando Moisés contou a Deus o que estava acontecendo, Ele não ficou nem um pouco surpreso e ordenou a Moisés: "Vá dizer ao povo que Eu irei guiá-los à Terra Prometida! Vá agora!" Isso era muito raro. Em geral, Deus mandava outros para cumprirem Sua vontade: um serafim, um arcanjo ou um mensageiro. Mas isso Ele faria pessoalmente. Moisés explicou tudo ao povo. Ainda de má vontade eles deixaram suas casas e foram para o deserto. Não havia comida, não havia água. Viveram ali durante quarenta anos.

Fiquei perplexa.

– Mas e a Terra Prometida, vovô? Não era verdade?

– Era verdade, Neshumele, mas a escolha que as pessoas devem fazer nunca é entre a escravidão e a liberdade. Precisamos sempre escolher entre a escravidão e o desconhecido.

– Mas como eles iriam viver sem água e sem comida? – perguntei, dominada pela aflição.

– Eles tinham Deus, Neshumele – disse vovô, com ternura. – Todas as manhãs, Deus fazia chover maná e as pessoas o comiam. Perto do meio-dia já não havia mais nada. Todas as noites eles se abrigavam sob as grandes asas de Sua presença. Dia após dia eles se preocupavam e duvidavam, e dia após dia Deus estava lá. Depois de quarenta anos, até mesmo o mais desconfiado de todos havia aprendido que podia confiar em Deus. E então eles chegaram à Terra Prometida.

Passei algum tempo refletindo sobre essa história, inúmeras imagens povoando a minha mente. Numa delas havia uma longa fila de pessoas esfarrapadas que deixavam para trás a terra onde viveram por inúmeras gerações e mergulhavam na escuridão e no vazio do deserto, levando consigo todos os seus pertences, seus gatos, seus cachorros e seus filhos, que não paravam de chorar. E à frente dessa enorme procissão que reclamava, sofria e duvidava estava o próprio Deus, na forma de um Pilar de Fogo.

– Por que foi que Deus veio em pessoa, vovô?

– Ah, Neshumele, muitas pessoas procuraram a solução para esse enigma e pensaram em várias alternativas. O que eu acho é que a luta pela liberdade é importante demais para Deus deixar nas mãos de outros. Isso acontece porque somente o povo que se torna livre pode servir aos propósitos sagrados de Deus e transformar o mundo. Somente os que não estão escravizados podem guiar-se pela bondade que guardam dentro de si.

Quase 25 anos se passaram até que eu comparecesse a outro Seder. Dessa vez, o serviço foi feito na minha língua. Todos nós participamos lendo trechos do ritual determinados pelo nosso anfitrião. A parte que me coube continha uma obscura ordem de Deus. Afirmava que em cada geração era dever dos pais contar aos filhos a história de Pessach e especificava como isso seria feito: "Naquele dia contarás a teu filho: Isto é por causa do que o Eterno fez por mim quando eu mesmo saí do Egito."

Essa frase é repetida duas ou três vezes durante o ritual. Cada vez que eu a lia em voz alta, ficava me perguntando o que queria dizer. De repente, quando o li em voz alta pela terceira vez, percebi a verdade contida ali. A história que meu avô me contara não acontecera havia milhares de anos. Ela está acontecendo agora. É a história de cada paciente que tratei, cada pessoa que conheci. É a minha própria história.

A escravidão que nos impede de seguir nossa bondade é interna. Estamos presos por ideias de insignificância e falta de autoestima, por desejos, ganância ou ignorância. Somos escravizados por nos sentirmos vítimas ou por acharmos que temos direitos. É uma história sobre o medo de mudar, sobre o apego a lugares e comportamentos que são pequenos e que machucam, porque abandoná-los irá nos colocar diante do que ainda não conhecemos. Ouvi de novo as palavras de meu avô: "A escolha nunca é entre a escravidão e a liberdade. Precisamos sempre escolher entre a escravidão e o desconhecido."

A liberdade é tão assustadora agora como há milhares de anos. Ela vai sempre exigir a disposição de sacrificar o que nos é mais familiar pelo que é mais verdadeiro. Para sermos livres, teremos que agir com base na integridade e na confiança, muitas vezes por um longo tempo. Poucos alcançarão sua terra prometida num único dia. Talvez a parte mais importante da história seja o fato de Deus não delegar essa tarefa. Sempre que nos movimentarmos em direção à liberdade, Deus estará lá.

Epílogo

No Livro de Mórmon há uma outra versão da história do Êxodo. Nela, os jareditas, forçados a abandonar seus lares devido a uma série de condições que reprimiam sua liberdade, aventuram-se em barcos selados por águas inexploradas para alcançar a Terra Prometida. Jared fala com Deus sobre a dificuldade de conduzir esses barcos em meio à total escuridão. Recebe ordens de levar consigo várias pedras. Deus tocaria nelas, fazendo com que, dali em diante, passassem a emitir luz.

A viagem é longa e difícil ao extremo. Tempestades violentas açoitam os barcos seguidamente, mas eles resistem e as pedras tocadas por Deus continuam a brilhar. Segundo Jung, a pedra é um dos símbolos arquétipos da alma. Essa imagem é particularmente bela para mim: um povo navegando por mares bravios em busca da liberdade guiados apenas pela luz que o toque de Deus acendeu em sua alma.

A jornada em direção à liberdade e à Terra Prometida pode tomar várias formas. Há alguns anos recebi um cartão postado da Inglaterra com uma citação da mensagem de Natal do rei George V ao povo britânico. Pouco tempo antes de recebê-lo, minha velha mãe, muito doente, viera de Nova York passar comigo seus últimos anos de vida. Ela adorou o cartão e manteve-o sempre em sua bolsa. Durante o período final da

doença, mamãe o colocou sobre a mesinha de cabeceira. Estava lá no dia em que ela morreu. Mandei emoldurá-lo e, agora, ele está na cozinha de minha casa. Diz o seguinte:
"Pedi ao homem que ficava no Portal do Ano:
Dê-me uma luz para que eu caminhe em segurança pela escuridão.
E ele respondeu: Mergulhe na escuridão e ponha a sua mão nas mãos de Deus.
Isso será mais importante do que a luz e mais seguro do que um caminho conhecido."

No decorrer de qualquer existência há momentos em que precisamos navegar pelo desconhecido sem ter um mapa ou uma bússola. Esses podem ser tempos de desespero e pavor, mas também de descoberta. Tendo acompanhado muitas pessoas em sua luta com o desconhecido, acredito que a parte mais emocionante da história do Êxodo, segundo os mórmons, é uma única linha. Apesar dos desafios e das enormes dificuldades de sua jornada pelo mar, "o vento sempre soprava na direção da Terra Prometida". Já vi muitas pessoas lançarem suas velas e aproveitarem esse vento.

A vida tem uma virtude em que podemos confiar: na luta pela liberdade, nunca estamos sozinhos, nunca somos abandonados.

Agradecimentos

Este livro foi abençoado por muitas pessoas. Que essas bênçãos se reflitam em cada uma delas, multiplicadas por cem.

Bênçãos a Amy Hertz, minha editora, por ser simplesmente a melhor e, de alguma maneira, a primeira a saber o que um livro de fato quer dizer. Para Esther Newberg por ser a única Esther Newberg do mundo e o padrão ouro da integridade. À inabalável Susan Petersen Kennedy pela visão e pela coragem que fizeram de Riverhead um santuário onde podemos nos abrigar de tudo o que não é verdadeiro em nossa cultura, um lugar de ajuda para todos nós.

Bênçãos a Dean Ornish, pela pureza de sua crença, por sua benevolência e pela bondade de seu coração, e a Molly Blackwell Ornish, pela bênção de seu amor. A Merion Weber, colega ímpar e visionária, pela grande bênção de sua amizade e pela generosidade de sua sabedoria; a Sukie Miller, sem a qual nada teria acontecido; e a Michael Lerner, cujo coleguismo e amizade são simplesmente incomparáveis. A Waz Thomas e Jenipher Stowell por ouvirem com atenção durante horas, a qualquer hora, e por abençoarem cada história, e a Yola Jurzykowski, o coração mais querido e leal deste mundo.

Bênçãos às boníssimas pessoas de Commonweal por sua paciência, sua solidariedade e seu apoio; a Michael Rafferty, Mark Rafferty, Mimi Mindel, David e Nadine Parker, Carolyn

Brown, Marni Rosen e Taylor Brooks. Bênçãos também a Mary Wade e Iseult Caulfield, por sua disposição de espírito, sua benevolência e sua mão segura no leme, e a Sharyle Patton pela leveza de seu ser.

Bênçãos a Laurance Rockefeller por ter se tornado tão transparente à sua luz interior, por compartilhá-la com tanta generosidade e por seu corajoso companheirismo nessa aventura.

Duplas bênçãos a Rob Lehman e aos diretores e funcionários do Instituto Fetzer por seu apoio e sua parceria; a Charles Halperin, Andrea Kydd e a Fundação Nathan Cummings por sua generosidade e sua confiança; ao Project on Death in America pela boa vontade de sua colaboração; a Wink Franklin e aos diretores e funcionários do Instituto de Ciências Noéticas, por seu permanente coleguismo durante todos esses anos; e à Fundação MACH e Yola Jurzykowski pela dádiva da confiança absoluta.

Uma bênção a todos aqueles que tão generosamente compartilharam por telefone a sua sabedoria e o seu amor: Charles Terry, Besty MacGregor, Jon Kabat-Zinn, Jack Kornfield, John Tarrant, Noelle Oxenhandler, rabino Zalman Schacter e sua esposa Eve Schacter, Barry Barkin, o Baal Shem Barucha, Joan Borysenko, rabino Elaine Zecker, David Eisenberg, e uma bênção especial a Stephen Mitchell por ler cada palavra e torná-la *kosher*.

Uma brilhante bênção a você, Brendan O'Reagan, que abençoou a todos profusamente. Sentimos a sua falta. E a Don Vivekan Flint, cuja vida ainda nos abençoa.

Bênçãos a todos os médicos que participaram dos programas do Instituto para o Estudo da Saúde e da Doença, em Commonweal, e aos alunos da Escola de Medicina de São Francisco, Universidade da Califórnia. Vocês renovaram a minha crença na medicina e a minha esperança no futuro. Vocês são uma luz neste mundo.

Uma amorosa bênção àqueles que compartilham do mesmo avô: Margaret Rose Walker, Helen Rachel Dignam, Herbert Deleon Pierson, David Joseph Pierson, Rebecca Ziskind e o saudoso A. Arthur Gottlieb; e aos que o chamam de bisavô: Nicole Walker Harvila, Michelle Walker Wenske, Edward Vincent Walker, Mindy Gottlieb Davidson, Joanne Meredith Gotdieb, Rebecca Alice Pierson, David Christopher Pierson, David Herbert Pierson e Natalie Raven Dignam Montijo. E uma bênção especial àqueles pequeninos que o chamam de trisavô: Melissa Beth Davidson, Karen Leslie Davidson, Isabella Grace Montijo, Wren Anastacia Montijo e Sophia Rose Wenske.

Bênçãos e agradecimentos a minha assistente Corrie McCluskey por sua risada fácil e sua força, por sua incrível competência e por estar sempre ali para pesquisar na internet, organizar uma palestra ou encontrar as vitaminas certas no mercado. Muitas bênçãos a Nina Stradtner, que abençoa o meu espaço, e a Josh Dunham Wood, que o faz tão bonito; uma amorosa bênção a Jackie Berg pela presteza de sua colaboração e por ser meu amigo e a Mama Berg por ter sido uma bênção para todos nós.

Uma bênção a todos cuja história ilumina este livro e o faz brilhar. Vocês vão se encontrar nele, embora eu os tenha ocultado em suas histórias, dando-lhes outro nome, outra profissão, outra forma de câncer, ou tenha combinado a sua história com outra. Sua generosa partilha abençoou minha vida e abençoará, assim espero, muitas outras.

Finalmente, uma bênção ao meu amado avô, rabino Meyer Ziskind, que me conheceu antes que eu conhecesse a mim mesma e me dedicou amor suficiente para durar toda uma existência.

Para saber mais sobre os títulos e autores da Editora Sextante,
visite o nosso site e siga as nossas redes sociais.
Além de informações sobre os próximos lançamentos,
você terá acesso a conteúdos exclusivos
e poderá participar de promoções e sorteios.

sextante.com.br